아이들은
이야기밥을
먹는다

내면의 힘을 키워주는 이재복의 옛이야기 교육서

아이들은 이야기밥을 먹는다

이재복 지음

문학동네

여는 글

이 세상에는 두 종류의 농사꾼이 있습니다. 눈에 보이는 자연의 밭에 농사 짓는 농사꾼이 있습니다. 이들은 우리에게 밥을 줍니다. 또 하나의 농사꾼이 있습니다. 눈에 보이지는 않지만 느낄 수는 있는 마음의 밭에 농사 짓는 글 쓰는 사람, 이야기꾼들이 있습니다.

아이들에게는 몸에 영양을 주는 밥도 잘 해서 먹여야 합니다. 이 못지않게 정신에 영양을 주는 이야기밥도 역시 잘 해서 먹여야 합니다.

요즘은 자연의 밭에 농사 짓는 일도 아주 힘들다고 합니다. 자연의 밭에 농사 짓는 농사꾼 못지않게 마음의 밭에 이야기 농사를 짓는 작가나 이야기꾼들도 힘들기는 마찬가지지요.

그동안 많은 분들과 아동문학의 문제를 놓고 토론을 해왔습니다. 그 과정에서 가장 즐거웠던 시간이 바로 옛이야기를 놓고 사람들과 어울려 토론할 때였습니다. 어디 가서 강의를 할 때 옛이야기 얘기를 할 때는 나도 신이 났습니다. 듣는 분들도 아주 좋아하였습니다. 여기에 실린 이야기들은 모두가 강의를 하면서 얻은 생각의 씨앗들이 내 마음속에서 몇 년을 두고 자라서 이런 책으로 만들어지게 된 것입니다.

사람의 본질은 마음속에 어떤 이야기가 들어 있느냐에 달려 있다고도 할 수 있습니다. 아이들 마음 밭에 어떤 이야기 씨앗을 심느냐가 아마도 앞으로 점점 중요한 일이 될 것입니다. 이제는 절대 빈곤에서는 벗어났으니 그만큼 정신의 문제가 중요한 세상이 되었기 때문입니다.

이번에 써본 이야기는 아이들 마음 밭에 어떤 이야기 씨앗을 심을 것인지 많은 관심을 갖고 있는 부모님들, 선생님들, 작가들을 초청하여 같이 이야기 나누는 형식으로 써보았습니다. 책을 쓸 때마다 늘 듣는 주문이 하나 있습니다. 특히 아이를 키우는 어머니들은 좀 쉽게 써주세요, 쉽게 써주세요 합니다. 이번 책이 얼마나 쉽게 씌어졌는지는 잘 모르겠습니다. 혹시 좀 힘든 부분이 있더라도 잘 견뎌내면서 읽어주면 고맙겠습니다.

그럼, 인사말은 이쯤 하고 이야기를 시작해 보지요.

차례

1
들어주는 봉사

옛이야기나 동화 이야기를 어떤 마음으로 해야 하나 눈을 감고 잠시 명상을 하는데 한 가지 말씀이 주문처럼 떠올랐습니다. 히틀러 독재에 맞서 싸웠던 본회퍼 목사가 한 말입니다. 본회퍼는 세상에서 가장 위대한 봉사가 무엇이냐고 묻고는 '들어주는 봉사'라고 대답하였어요.

참 좋은 말입니다. 나에게 들어주는 봉사 해주는 한 사람만 있으면 그 사람은 절대 절망하지 않지요. 요즘 세상이 참 힘들다고 하는데, 들어주는 봉사 해주는 사람은 아마도 그 어떤 집단에서도 소외되지 않을 겁니다. 사람들은 들어주는 봉사 해주는 사람 곁으로 모일 테니까요.

아이들은 아직 문장의 맛을 즐기면서 작품을 읽기는 어렵습니다. 아이들의 몸은 아직도 듣는 말문학에 익숙하지요. 문장의 맛을 즐긴다는 것, 문체의 맛을 즐긴다는 건 어른들도 쉽지 않은 일입니다. 그렇기 때문에 아동문학은 듣는 문학의 기운이 강합니다. 아이들 몸의 기운은 비록 글은 깨우쳐서 읽는 문학 시기로 들어와 있다 하더라도 아직 듣는 문학 시기의 말문학 전통이 강한 이야기를 더욱 편하게 즐기는 거지요.

말문학은 이야기를 들려주는 '이야기꾼' 이 있고 그걸 들어주는 '듣는 사람' 이 있어야 합니다. 들어주는 봉사 해주는 사람이 있어야만 말문학은 존재할 수 있고 또 생명을 잃지 않고 이어갈 수 있지요. 그래서 동화나 옛이야기는 들어주는 봉사 해주는 사람들이 주인입니다. 왕입니다. 그들을 잘 섬겨야지요.

옛이야기를 듣고 자란 아이들은 순하다고 합니다. 옛이야기를 듣고 자란 아이들이 순한 건 어찌 보면 당연한 일입니다. 자기도 모르게 남을 위해 들어주는 봉사하는 마음의 씨앗이 몸에 심어져 있기 때문이지요.

어머니들하고 아동문학 얘기를 할 때마다 받는 질문이 있습니다. 여러분들은 이런 질문에 어떻게 답을 하는지 궁금합니다. 보통 많은 어머니들이 묻습니다. "우리 애는 너무 책을 안 읽어요. 어떻게 하면 책을 좀 읽힐 수 있을까요?" 여러분들은 이런 질문을 받으면 어떻게 답을 하십니까?

나는 이런 질문을 받으면 "아이들이 책을 즐겨 읽지 않는 데는 이유가 있습니다. 그건 듣는 문학 시기를 제대로 거치지 않았기 때문입니다" 이렇게 답을 합니다.

아무리 큰 아이라도 책을 제대로 읽어내지 못한다면 그 아이는 아마 듣는 문학 시기를 제대로 거치지 않았을 겁니다.

아이들을 키우면서 동화 공부를 하는 어머니들에게 내가 늘 물어봅니다.

글자를 깨우치려고 스티커를 붙인 쇠똥이하고, 엄마가 그림책을 읽어준 개똥이하고 누가 더 한글을 일찍 깨우치고 책을 즐겁게 읽겠느냐고요. 그러면 대개 어머니들이 이야기를 들려준 아이가 한글도 일찍 깨우친다고 대답을 합니다.

사과, 배 하고 엄마가 말을 하면 쇠똥이가 척척 그 낱말에 해당하는 스티커를 붙일 줄 알게 되었다고 합시다. 이게 무슨 의미가 있을까요? 쇠똥이에게 사과, 배 같은 낱말은 아마도 아무런 말의 에너지가 없는 그냥 부호에 불과할 겁니다.

그런데 개똥이는 쇠똥이가 스티커 붙이는 시간에 "달님 안녕" 하고 엄마가 읽어주는 그림책을 갖고 놀았습니다. 보통 8, 9개월만 돼도 엄마가 "달님 안녕" 하고 소리를 내면 아이들은 막 웃으면서 자기가 보던 그림책을 가져옵니다. 그림책을 입으로 빨고 하면서 엄마한테 가져옵니다. “달님 안녕”이란 문장이 아이의 마음속 우주에 파도처럼 출렁이는 심리 에너지를 불러일으키는 것이지요. 그래서 아이는 달이 무언지도 모르면서, 안녕이란 말이 무언지도 모르면서 그림책을 가져옵니다.

말에는 아주 큰 주술적인 힘이 있습니다. “달님 안녕” 하고 엄마가 소리 내서 책을 읽을 때 엄마의 말 속에는 엄마가 느끼는 감정(말의 에너지)이 다 들어 있는 것이지요. 그래서 엄마가 소리 내서 “달님 안녕” 하고 읽어주면 그 말은 아이의 마음속 우주에 출렁거리는 심리 에너지를 불러일으키는 것이지요.

아이들은 날마다 엄마한테 “똥 쌌니? 오줌 쌌니?” 하는 소리를 듣고 자랍니다. 이것도 중요한 말입니다. 그런데 이런 소리만 듣던 아이가 어느 날 “달님 안녕”, “사과가 쿵” 하는 소리를 듣게 됩니다. 아이의 마음속 우주에 새로운 언어의 씨앗이 심어지는 것이지요. 그냥 분절된 낱말이 아니라 마음속 우주를 한 번 출렁 뒤흔드는 심리 에너지를 불러일으키는 온전한 이야기의 한 문장이 심어지는 겁니다. 아이의 마음속 우주에서는 새로운 문화의 씨앗, 대단한 혁명이 일어나는 순간이라고 할 수도 있는 것이지요.

여러분들하고 같이 읽어가면서 토론해 보려고 신화와 관련된 책들도 살펴보았습니다. 신화 연구가인 조셉 켐벨이 쓴 『신의 가면 I 원시 신화』란 책에서 한 구절을 같이 읽어보겠습니다.

고대에는 현자들이 7년에 한 번만 제자들에게 신의 이름을 발음해 주었다. 두루마리에 성서의 내용을 베끼는 필경사는 신의 이름을 쓸 때 항상 경건한 마음의 자세를 가질 것이 요구되었다. 만약 그가 신의 이름을 쓰다가 실수를 저지르면, 어떤 경우에는 그 실수가 돌이킬 수 없는 것으로 간주되어 그 두루마리 전체를 폐기해야만 하였다. 신의 이름 자체는 지울 수 없었기 때문이다. 인도 탄트라 전통의 신비주의에서도 이와 유사한 현상이 발견된다. 거기서는 히브리어가 아닌 산스크리트가 우주의 근본 언어로 간주되는데, 어떤 신의 이름을 발음하면 그 신이 나타나서 자신의 힘을 발휘한다고 한다. 이름은 신 자신의 청각적 측면이기 때문이다. (107쪽)

난 이 문장에서 '이름은 신 자신의 청각적 측면' 이란 말이 참 좋습니다. 옛이야기는 귀로 듣는 문학입니다. 그래서 말로 소리 내서 읽어야 하는 거지요. 들려주어야 하는 것이지요. 신화나 민담의 각 편들은 꼭 소리 내서 읽어야 맛을 느낄 수가 있습니다. 소리 내서 읽고 듣고 해야 합니다. 그럴 때 이야기 속에 존재하는 목숨들이 자신을 부르는지 알고 우리에게 다가오는 것이지요.

옛날 사람들은 옛이야기를 들려줄 때 문을 열어 놓으라고 하였습니다. 문을 열어 놓으면 조상신들이 방으로 들어오는 거지요. 조상신들이 다 방에 들어오면 그때 이야기를 시작하는 겁니다. 신을 부르는 일종의 제의라고도 할 수 있겠지요.

우리가 소리 내서 이야기를 들려주면 아이들 마음속 우주에 잠자고 있던 정령들이 깨어납니다. 이야기를 듣고 아이들 마음속 우주가 한 번 크게 출렁거리며 움직이는 거지요. 소리는 그래서 마음속 우주를 깨우는 비와 같고 빛과 같습니다. 잠든 정령들을 깨우는 영혼의 소리인 것이지요. 그래서 이야기를 들려주는 사람은 주술사이고 마법사이고 샤먼이 되는 것이지요.

"달님 안녕", "사과가 쿵" 하고 엄마가 그림책을 펼쳐놓고 읽어주면 아이 마음속에 잠자고 있던 달의 정령과 사과의 정령이 깨어납니다. 아이들 마음속은 일종의 원시 자연과 같다고 볼 수 있지요. 원시림과 같습니다. 무수한 자연의 정령들이 다 살고 있습니다. 아이들 마음속 우주에 잠자고 있는 정령들을 엄마가 이름을 불러 하나씩 깨우는 거지요.

이렇게 "달님 안녕", "사과가 쿵" 하고 소리로 들으며 그림책을 즐기던 아이가 이제 글을 깨우쳤다고 합시다. 글을 깨우쳐서 혼자서 『달님 안녕』이란 그림책을 읽게 되었다고 합시다. 그러면 이 아이는 "달님 안녕"이란 문장을 읽을 때, 그 문장 속에서 엄마의 감정이 실린 목소리를 듣게 될 것입니다. 하나의 문장에는 감정이 실려 있다는 걸 알게 될 겁니다. 저절로 느끼게 되겠지요. 그래서 '달님 안녕' 이란 문장이 갖고 있는 말의 에너지를 느끼며 책을 읽을 겁니다. 이게 바로 문장의 맛, 문체의 맛을 느끼며 책을 읽는 거지요.

어릴 때 듣는 문학 시기를 제대로 거치지 않았다면 이렇게 문장 속에 말의 에너지가 들어 있다는 느낌을 갖기는 힘들겠지요. 문장은 눈으로 보기도 하면서 또한 문장을 쓴 사람이 입으로 들려주는 입말로 들을 수도 있어야 합니다. 제대로 된 책 읽기는 그래서 눈으로 보면서 귀로 듣는 활동이 동시에 일어나는 것이지요. 어릴 때부터 듣는 문학 시기를 제대로 거친 아이는 "달님 안녕"이란 문장을 눈으로 보면서 귀로 듣는 책 읽기를 하게 될 겁니다.

아이들이 고전이 되는 책을 잘 읽어내지 못한다면 하는 수 없습니다. 듣는 문학 시기를 거치게 해야 합니다. 들려주어야 합니다. 아이에게 많은 책을 읽으라고 강요하는 건 오히려 아이에게 책과 더 멀어지게 할 뿐입니다.

선생님들이 학교 현장에서 살다보면 아주 속을 썩이는 아이들도 있을 겁니다. 이런 아이들을 보면 선생님들이 혼만 내지 말고 은근히 불러서 혼자 남겨 놓고 아이에게 그림책이라도 한번 읽어주면 참 좋겠습니다. 그러고는 그 그림책을 아이에게 선물로 주면 더욱 좋겠지요. 아마 아이는 선생님에게 받은 그림책은 잃어버릴지 몰라도 평생 그림책을 읽으면서 아이 마음속 우주에 들어와 살게 된 '책을 읽어주는 선생님'의 정령은 절대 사라지지 않을 겁니다. 아이 마음속에 자리 잡은 아이가 속을 썩일 때 그림책을 읽어준 선생님의 정령은 아이가 평생을 살아가는 데 두고두고 큰 힘이 될 겁니다. 아이 삶에 빛이 되는 구원자로 작용을 할 겁니다.

예전 이오덕 선생님과 동화 공부를 하던 때가 있었습니다. 한 사람이 동화를 써오면 그 작품을 소리 내서 읽었습니다. 나는 그때 왜 시간도 없는데 눈으로 각자 후딱 읽고 토론을 좀 많이 하지, 소리 내서 읽느라 시간을 다 보낼까 하는 생각을 한 적이 있습니다. 동화를 소리 내서 읽어야 제 맛이 난다는 걸 이해하지 못한 것입니다. 그러다 옛이야기, 신화, 판타지 공부를 하면서 그 깊은 의미를 깨닫게 되었습니다.

동화의 어머니는 옛이야기입니다. 그러니까 동화는 옛이야기가 낳은 자식이라 할 수 있지요. 자식을 알려면 어머니를 봐야 합니다. 동화의 어머니인 옛이야기는 예전부터 말로 전해져 온 말문학입니다. 다시 말해서 귀로 듣는 문학입니다.

동화 역시 원래 시작과 뿌리는 이 말문학에 있습니다. 아이들을 가만히 생각해 보면 금방 알 수 있습니다. 글을 깨우치지 못한 아이들도 이야기는 얼마든지 즐길 수 있습니다. 글은 몰라도 귀는 열려 있기 때문에 동화나 옛이야기나 그림책이나 다양한 형태의 이야기를 즐길 수 있습니다. 이렇게 글을 깨우치지 못한 단계에 있는 아이들을 듣는 문학 시기에 있다고 합니다.

옛이야기는 원래 그 뿌리가 이렇게 글을 깨우치지 못한 듣는 문학 시기에 있는 사람들을 위한 문학이었습니다. 그 전통이 자연스럽게 옛이야기의 자식이라 할 수 있는 동화로 이어져 내려온 것입니다. 그래서 요즘 작가들이 동화라는 장르로 써내는 글들은 모두 소리 내서 읽었을 때 재미있게 귀에 들어와야 합니다. 이야기 서사가 맴돌 듯 지루하게 정지되어 있거나 너무 지루한 묘사가 이어진다거나 하면 듣는 사람은 금방 인내심을 잃고 이야기 시공간에서 빠져나올 것입니다. 그렇기 때문에 동화를 쓰는 사람들은 자기 작품을 쓰고 나서도 소리 내서 읽어봐야 합니다. 소리 내어 읽는데 잘 읽히면 일단 좋은 동화라 할 수 있지요.

동화는 듣는 사람을 위한 문학입니다. 들어주는 사람은 그 어느 자리에서도 소외되는 일이 없습니다. 사람들은 들어주는 봉사해주는 사람 곁으로 모이게 되어 있습니다.

어린 아이들이 듣는 문학 시기를 잘 거쳐야 하는 데는 앞으로 인생을 살아가는 데 꼭 필요한 삶의 지혜를 길러주는 의미도 있는 것이지요.

2
잔혹한 이야기는 어떻게 들려주어야 하는가

아동문학 이야기를 할 때 어머니들이 가장 많이 하는 질문이 또 하나 있습니다. 이것도 아주 중요한 문제입니다. 아마 학교 현장에 있는 선생님들도 이런 질문을 상당히 많이 받을 것 같은데요. 아이들에게 옛이야기를 들려주는데 카세트 테이프 같은 기계를 통해 들려주어도 괜찮으냐는 거지요.

여기에는 아동문학의 본질, 옛이야기 들려주기의 본질을 탐구할 수 있는 아주 중요한 문제가 숨어 있습니다. 그렇기 때문에 이 질문 또한 깊이 있게 토론해 볼 만한 문제입니다.

여러분들하고 중간중간 같이 읽을 겸 『한국구전설화』에 실린 옛이야기도 소개해 보겠습니다. 내가 여기에 실린 이야기 한 편을 들려드리겠습니다. 말문학은 들려주기가 있고 읽어주기가 있습니다. 채록한 문장을 그대로 읽어주기를 할 수도 있고 선생님들이 이야기를 감상한 다음에 아이들에게 선생님들의 입말로 들려줄 수도 있습니다. 어느 방법이든지 다 좋습니다. 상황에 맞게 하면 될 것 같습니다. 들려주기가 좋긴 한데 여기서는 읽어주기를 하겠습니다. 평안북도 사투리를 제대로 즐겨보시기 바랍니다. 다들 소리 내서 읽어보시기 바랍니다.

넷날에 형제레 있었넌데 형은 욕심쟁이구 맘씨두 곱디 않는데 저그니는 맘씨레 고왔다. 하루는 형이 저그니보구 새(나무)해 오라 해서 저그니는 산에 가서 새를 한 짐 잔뜩 해개지구 와서 배레 고프느꺼니 아즈마니(형수)과 밥 좀 달라구 하느꺼니 형이 이 말을 듣구 "밥이 다 머가? 새두 얼메 해오디 못하구 밥만 먹갔다구 하네." 허맨 과티구 달라들어 저그니에 눈을 부디깽이루 찔러 내쫓았다. 저그니는 쇠경(소경)이 돼서 이 괴로운 세상에 살 거 머 있간 하구 산에 올라가서 나무에 목을 메여 죽을라구 했다. 그때 승냉이(이리)가 몰레 와서 저덜끼리 말하넌데 들어보느꺼니 한 넘이 "세상 사람들은 상기두 깰 날이 멀었어. 이 뒷산 큰 팡구(바위) 아래에 있넌 샘물루 눈을 씻으문 쇠경두 뜨게 되넌데 그거를 모르구 있어." 하느꺼니 또 한 넘이 "그러기 말이야. 요 뒷산 둥춤(중치막)에 있넌 큰 팡구를 들티문 금독 은독이 가득이 있넌 걸 모른단 말이야." 하구 말했다. 저그니는 이런 말을 다 듣구서 더듬 더듬거리구 가서 그 팡구 밑에 샘물루 눈을 씻어 봤더니 눈이 보이게 됐다. 그리구 산에 둥춤에 가서 팡구를 들테 보느꺼니 금독 은독이 많이 있어서 그거를 개저다가 부재가 돼서 잘 살았다.(『임석재전집 3』, 91쪽)

어머니들과 동화 이야기를 할 때 이 옛이야기를 들려주면 이 대목에서 눈을 찌푸립니다. 동생이 나무를 해오고 나서 형수한테 이제 배가 고프니까 밥을 좀 달라는 대목이 나옵니다. 그 대목에서 형은 어떻게 하였습니까? 밥이 다 뭐가, 나무도 얼마 해오지 못한 놈이 무슨 밥만 처먹을려구 하냐면서 부지깽이로 동생의 눈을 확 찔러 내쫓았습니다.

이런 이야기를 아이들에게 직접 들려주어도 괜찮으냐고 묻습니다. 너무 잔혹하다는 거지요. 만약에 이 이야기를 목소리가 좋은 성우들이 배경 음악을 넣어서 연극을 하듯이 녹음한 소리를 테이프를 통해서 아이들이 듣는다고 한번 가정해 봅시다.

엄마가 아이한테 "개똥아, 엄마 시장 갔다 올게. 집 보고 있어. 엄마가 시장 갔다 올 동안 옛이야기 테이프 듣고 있어라. 엄마 금방 갔다 올 테니까" 이렇게 말하고 엄마는 테이프를 틀어 놓고 시장에 갔습니다. 그 사이 개똥이가 테이프를 듣는데 바로 저 대목이 나왔다고 한번 생각해 봅시다. 형이 "이놈아, 니가 나무를 얼마나 해왔다고 밥을 달라 그래?" 하면서 눈을 부지깽이로 확 찌르는 장면이 나왔다고 합시다. 그러면 아이는 집에 혼자 있으면서 아주 무서운 느낌이 들 겁니다. 어린아이일수록 더욱 그럴 겁니다.

잔혹한 이야기도 아이들에게는 필요합니다. 그런데 이럴 때 아이는 엄마가 필요합니다. 아주 무서운 이야기를 엄마 없이 혼자서 듣는다는 건 아이 마음속 우주에 아주 깊은 상처를 줄 수도 있을 겁니다. 그러나 엄마가 아이를 안고 이런 이야기를 들려준다면 그때는 괜찮습니다.

아이의 마음속 우주에는 온갖 정령들이 살고 있습니다. 아이는 커가면서 온갖 고난과 시련을 극복하면서 살아야 합니다. 하느님이 이 아이한테만 고생을 하지 않고 살도록 특별히 예쁜 운명을 주셨을 리가 없습니다. 잔혹한 이야기는 아이의 성장을 위해서도 꼭 필요합니다. 실제 삶의 현장에서 그러한 극한의 인물이나 상황을 경험하기 전에, 먼저 이야기를 통해서 아이는 자기 마음속 우주에 살고 있는 어두운 정령들을 만나고 그들과 맞서고 대결하는 정신의 힘을 길러야 합니다.

그런데 그런 정신의 힘을 기르는 데 어릴 때는 꼭 곁에 어른이 있어야 합니다. 엄마는 시장에 가고 없는데 테이프에서는 엽기적인 잔혹한 이야기가 흘러나오고 있습니다. 그러면 아이는 어떻게 되겠습니까. 심리적인 상처를 상당히 깊이 받을 수도 있습니다. 텔레비전은, 카세트 테이프는 아이를 안아주지 않습니다. 아이가 심리적인 구원을 요청할 때 안아주지 않습니다. 그러나 엄마는 안아줄 수가 있습니다. 엄마 품에 안긴 아이는 '그래 올 테면 오라, 나는 엄마가 있다' 하고 안심을 합니다. 자기가 저 괴물에게 잡아먹힐 염려는 없습니다. 든든한 엄마 아빠가 옆에 있기 때문입니다. 그렇기 때문에 옛이야기는 직접 들려주거나 읽어주라고 하는 겁니다. 카세트 테이프는 기계로 나오는 소리이기 때문에 주술과 마법의 힘이 떨어진다고 생각할 수도 있습니다. 그러나 이런 관점보다는 이야기는 들려주고 들어주고 하는 따뜻한 감성이 통하는 삶의 놀이입니다. 정신 놀이이기 때문에 엄마나 아빠나 할머니나 할아버지가 들려주는 게 좋습니다.

옛이야기는 들려주는 게 좋다고 하면 이런 질문을 하는 사람들이 많습니다. 정말 어려운 문제입니다. 이 질문을 시작으로 해서 좀 더 깊은 옛이야기 세계로 들어가는 통로를 찾아보도록 하지요.

나는 아이들에게 이야기를 많이 들려주고 싶다. 옛이야기를 들려주고 싶어서 옛날 어른들이 구술한 설화집도 많이 읽어보았다. 읽을 때는 이 이야기를 들려주면 좋겠다 싶어서 몇 번을 되풀이해서 읽지만 막상 아이들 앞에 서면 통 재미있게 이야기가 풀려나오지 않는다. 이를 어찌해야 하느냐는 거지요. 어떻게 하면 이야기를 잘 들려줄 수 있겠느냐는 겁니다.

참 어려운 문제입니다. 그렇습니다. 이 문제가 참 어렵습니다.

많은 사람들이 옛이야기를 잘 들려줄 수 있는 무슨 요령 같은 게 없느냐는 질문도 많이들 합니다. 사실 나도 아이들에게 옛이야기를 많이 들려주지 못하였습니다. 나는 옛이야기를 잘 들려주는 무슨 특별한 요령 같은 게 있다고는 생각하지 않습니다. 이 문제는 기능적인 접근을 통해서 해결하려고 한다면 아마도 한계가 있을 겁니다. 기능의 문제가 아니라 감상의 문제입니다. 옛이야기 세계의 본질을 제대로 이해하지 못하기 때문에 옛이야기를 그저 단순히 재미있게 읽긴 하였지만, 가슴 깊이 감동을 느끼지는 못하는 거지요.

내가 먼저 이야기에 감동을 하지 못한 사람이 그 이야기를 들려주면서 남을 감동시키기는 당연히 힘들겠지요. 그냥 재미 정도를 넘어서 자기가 정말 감동한 이야기를 들려주어야 합니다. 감동한 이야기를 들려줄 때는 벌써 내 몸이 달라집니다. 이야기를 들려주는 선생님의 눈빛이 달라질 겁니다. 표정이 달라지고 말의 높낮이가 달라질 겁니다. 말에 풍부한 감정이 실려 있기 때문에 아이들이 이야기에 빨려들지 않을 수가 없을 겁니다.

여러분들은 지금까지 살면서 감동 받은 소설 책 몇 권쯤은 있을 겁니다. 감동을 주는 시도 몇 편은 있을 테고 영화도 몇 편은 있을 겁니다. 우리는 어떨 때 감동을 받습니까. 아마 그 작품 속에 무언가 나의 삶이 들어 있을 때, 작품이 나의 삶을 비추는 거울이 되어 줄 때 작품 속으로 빨려들어가는 것이지요. 단순히 재미를 느끼는 것하고 감동을 받는 것하고는 조금 다릅니다.

여러분들은 방금 제가 읽어드린 「눈 찔린 동생」 이야기를 듣고 어떤 느낌이 들었습니까. 어떤 분은 아무런 느낌도 없었을 테고, 재미있다는 정도로 느낀 분도 있을 테고, "야, 그 이야기 참 대단하다. 무언가 내 마음 한 구석을 흔드는 그런 매력이 있네" 하면서 마음속 우주가 한번 이 이야기로 인해 출렁이는 심리 에너지의 흐름을 느낀 분들도 있을 겁니다. 이렇게 세 유형의 분들이 이 이야기를 나중에 아이들에게 들려준다고 할 때 당연히 감동을 전혀 느끼지 못한 분들은 들려주기가 힘들 수밖에 없겠지요.

나도 예전에 아이들에게 들려주려고 옛이야기를 집에서 몇 번이나 읽고 연습을 하고 학교에 간 적이 있습니다. 그런데 막상 아이들 앞에서 이야기를 들려주려고 하면 줄거리도 제대로 생각이 안 나서 그만 들려주는 내가 스스로 흥이 깨질 때도 있었습니다.

이야기라는 것이 참 묘합니다. 줄거리를 안다고 해서 남에게 재미있게 들려줄 수는 없습니다. 감동을 받아야 합니다. 감동 받은 영화를 보고 나서 남에게 그 이야기를 하면 눈을 반짝이면서 한참을 하지 않습니까. 가슴이 작동하는 것이지요. 옛이야기도 가슴이 작동을 해야 하는데, 보통 근대 교육을 받은 우리들은 옛이야기를 읽고 재미있다는 느낌을 넘어 감동을 받는 단계까지 나아가기는 힘든 것 같습니다. 여기에 문제가 있습니다.

아동문학을 공부하고 난 뒤로 나는 「눈 찔린 동생」 같은 이야기에서도 감동을 받습니다. 저런 이야기를 읽으면 나의 마음속 우주가 출렁이는 심리 에너지의 떨림을 느낍니다. 저 「눈 찔린 동생」 이야기는 남의 이야기가 아니고 먼 옛날 사람들의 이야기가 아니고 지금 나의 이야기란 느낌이 듭니다. 지금 절실한 내 삶의 문제를 저 「눈 찔린 동생」 이야기는 담고 있습니다. 그래서 내 삶을 비추는 거울이 되는 이야기란 생각이 듭니다.

그럼 어떻게 저 「눈 찔린 동생」 이야기가 지금 우리 삶을 비추는 거울과 같은 이야기가 될 수 있느냐는 궁금증이 일어납니다. 이 이야기를 지금부터 해보겠습니다. 아주 중요한 문제입니다. 이제부터 조금 복잡한 이야기의 세계 속으로 들어가는 여행을 떠나보겠습니다.

3
옛이야기는
내 몸에서 태어나고 있는
현장의 문학

옛이야기는 지금도 우리 몸에서 태어나고 있는 현장의 문학입니다. 앞에서 살펴본 「눈 찔린 동생」 이야기는 지금도 내 몸에서 태어나고 있습니다. 저 이야기는 오늘 내 삶의 문제를 그대로 담고 있습니다. 그래서 나는 이런 옛이야기를 읽고 나면 마음속 우주가 한번 출렁이는 심리 에너지의 파동을 느낀다고 말하는 겁니다. 감동을 주는 작품을 만났을 때 느끼는 감정을 그대로 느낍니다.

지금 내가 아주 중요한 말을 하였습니다. 옛이야기는 지금 내 몸에서 태어나고 있는 현장의 문학이라고 하였는데요. 이 말을 어떻게 하면 쉽게 이해할 수 있을까요? 꿈을 한번 생각해 보면 좋겠습니다. 꿈이 곧 옛이야기입니다. 꿈하고 옛이야기하고 딱 일치한다고 볼 수는 없지만 일단 이렇게 생각하면 좋겠습니다.

꿈은 내가 꾸고 싶다고 해서 꾸어지지 않지요. 내 마음속 우주에서 저절로 태어납니다. 옛이야기는 사람의 마음속 우주에서 저절로 태어난 이야기(문학)입니다. 나하고 같이 동화 공부하는 분이 있는데 그분의 꿈 이야기를 듣다보면 '아, 정말 환상적이구나' 하는 생각이 들면서 감탄이 절로 나올 때가 있습니다.

하늘에서 온갖 색깔의, 온갖 크기의, 온갖 종류의 뱀들이 쏟아져 내려온답니다. 그러면 그 온갖 뱀들과 밤새도록 싸워 물리쳐야만 꿈에서 깨어난다는 거예요. 또 어떨 때는 하늘에서 독수리가 내려온답니다. 독수리가 왼쪽 어깨에 앉아 부리로 머리를 톡톡 쫀대요.

얼마나 환상적입니까. 이런 환상적인 꿈을 꾸면 그 꿈은 잊을 수가 없을 겁니다. 마음속 우주에 아주 큰 심리적인 영향을 미치는 꿈인 거지요. 심리 에너지가 강한 꿈입니다. 이를 원형이 되는 꿈이라고도 합니다. 이런 에너지가 강한 꿈은 귀하게 여겨야 합니다. 꿈을 꾼 사람의 마음속 우주 전체를 지배하는, 삶의 방향을 제시하는 상징(메시지)의 의미가 분명히 들어 있기 때문입니다.

에너지가 강한 원형이 되는 꿈을 꾸고 나면 사람은 이야기가 하고 싶어집니다. 이야기를 하지 않고는 배길 수 없는 마음 상태가 되는 거지요. 이야기를 해야만 속이 풀립니다. 아마도 우리가 즐기는 많은 옛이야기들은 이렇게 옛날 사람들이 꿈을 꾸고, 그 꿈을 이야기하는 과정에서 오늘 우리가 즐기는 이야기의 형태를 갖추었을 겁니다. 내가 꾼 꿈을 남에게 들려줄 때 나는 옛이야기꾼이 되는 것이지요. 모든 옛이야기들이 다 이렇다고 말할 수는 없습니다. 그러나 많은 이야기들이 분명 꿈을 통해서 생겨났을 겁니다.

아까 동화 공부하는 분이 꾼 꿈에도 온갖 환상적인 장면이 나왔습니다. 「눈 찔린 동생」에서도 승냥이가 나오고 눈을 뜨게 하는 냇물이 나오고 바위를 들치면 금독과 은독이 나오는 환상적인 장면이 들어 있습니다. 내용은 조금 다르더라도 이야기를 이루는 환상적인 요소는 옛이야기와 다를 바가 없습니다.

얼마 전 일산에 갔을 때였습니다. 도서관 자원봉사 하는 분들과 옛이야기에 관한 얘기를 할 때였습니다. 옛이야기는 우리 몸에서 태어났고, 또 태어나고 있는 문학이란 이야기를 하면서 한참 꿈 이야기를 하였습니다.

그때 잠시 쉬는 시간에 한 어머니가 일곱 살 된 딸 아이가 꾼 꿈이라면서 그 내용을 적어준 적이 있습니다. 이런 꿈입니다.

꿈속에서 뱀이 동생을 친친 감고 있었습니다. 엄마가 칼을 들고 나와 동생을 구하려고 뱀과 싸움을 하였습니다. 아이도 동생을 구하려고 막대기를 들고 엄마와 함께 싸웠습니다. 그런데 끝부분 얘기가 재미있습니다. 아빠는 그때 회사에 가고 없었다는 겁니다.

꿈을 꾼 아이의 마음속 우주에서 그 절박한 순간에 아빠는 존재하지 않았습니다. 그래서 내가 이 꿈을 들려준 어머니에게 물었습니다. 이 꿈을 아빠에게도 들려주었느냐고. 그랬더니 들려주었답니다. 아빠의 반응이 어떻더냐 하였더니 심각하게 받아들였답니다. 그 꿈을 듣고 난 이후로 아빠가 집에 와서 아이하고 더 놀아주려 하고 동화책도 더 읽어주려 하고 노력을 많이 하였답니다. 이 아빠는 그래도 훌륭합니다. 아이 꿈을 듣고 아버지의 존재가 아이의 마음속에 부재하다는 걸 절실하게 느낀 것이지요. 그래서 심리학을 연구하는 사람들은 아이들이나 어른들의 꿈을 비롯해서 신화 민담을 많이 연구합니다. 옛이야기는 옛날 사람들이 꾼 꿈이라고 할 수 있는데, 그 꿈이 오늘 우리 내면의 심리를 그대로 드러내고 반영하고 있다는 거지요. 그래서 옛이야기는 지금 우리 몸속에서 태어나고 있고 또한 우리 내면 심리를 비추어주는 거울이 된다는 말을 하는 거지요.

방금 말한 어린아이가 꾼 꿈에도 깊은 의미가 들어 있습니다. 동생의 몸을 친친 감고 있는 뱀과 엄마는 칼을 들고 싸웁니다. 언니는 막대기를 들고 싸웁니다. 꿈에서는 꿈을 꾼 사람의 느낌이 아주 중요합니다. 아이는 뱀이 하나도 무섭지 않았답니다. 아이는 엄마하고 하나가 되어서 뱀과 싸우고 있습니다. 엄마가 있으니까 무섭지 않았던 겁니다. 아이는 평소 엄마에게 '긍정적인 어머니 콤플렉스' 를 갖고 있다는 걸 알 수 있습니다.

그런데 이 절박한 순간에 아버지는 회사에 가고 없습니다. 아이의 마음속 우주에는 아버지가 부재합니다. 아버지가 부재한 아이들이 겪는 내면의 문제 또한 생각해 볼 수 있습니다. 아버지가 부재한 옛이야기는 아주 많습니다. 「해와 달이 된 오누이」에도 아버지 없이 엄마와 두 아이가 살아가고 있습니다. 위 아이가 꾼 꿈속 장면과 옛이야기 장면은 하나로 통하는 지점이 있는 거지요. 이래서 꿈은 일단 옛이야기와 통하는 점이 많다고 한 것입니다. 일단 옛이야기 공부는 꿈을 적어보면 이해하기가 쉽습니다.

한 편의 꿈을 놓고 우리는 아이의 내면 심리가 지금 어디를 향해 가고 있는지 가늠해 볼 수 있습니다. 꿈 분석은 그래서 옛이야기 분석과 통합니다. 옛이야기를 연구하는 사람들은 보통 '동화 심리학' 이란 말을 잘 씁니다. 모든 옛이야기(동화)에는 우리 인간 내면의 보편적인 심리가 담겨 있다는 겁니다. 그렇기 때문에 한 편의 옛이야기를 내 몸에서 태어난 나의 꿈이라 생각하고 이런저런 분석을 하다보면 그러한 이야기 분석 과정에서 내면 심리를 탐구할 수 있다는 것이지요.

옛이야기를 제대로 감상하려면 우리가 갖고 있는 고정관념 몇 가지를 깰 필요가 있습니다. 보통 사람들은 옛날 이야기(신화, 민담, 전설을 포함하는 설화) 하면 '옛날' 이야기니까 오늘의 현실과는 동떨어진 이야기라는 관념을 갖기 쉽습니다. 그러나 앞에서도 말한 것처럼 '옛이야기'는 지금도 꿈을 꾸면 알 수 있듯이 우리 몸에서 태어나고 있는 현장의 문학입니다. 어제의 이야기가 아닌 거지요. 우리가 꾸는 꿈이나 몇 백 년, 몇 천 년 전 사람들이 꾼 꿈이나 그 꿈에는 무언가 인간의 보편적인 심리가 들어 있다는 거지요. 그래서 또 우리의 마음속 우주를 들여다보고 싶으면 현대인들은 옛이야기 공부를 하지 않을 수 없다는 겁니다.

그 어떤 꿈도 하찮은 건 없습니다. 한 마디로 개꿈은 없다는 거지요. 마찬가지로 그 어떤 옛이야기도 하찮은 건 없습니다. 그 어떤 옛이야기도 지금까지 살아남아 우리에게 말로 전해져 왔다면 거기에는 깊은 의미가 담겨 있습니다. 당연히 위에서 소개한 「눈 찔린 동생」 이야기에도 아주 깊은 의미가 담겨 있습니다. 이 이야기에는 어떤 의미가 담겨 있는 걸까요? 그럼 이제부터 이 이야기를 해보도록 하지요.

4

마음속 우주와 마음 밖 우주

동화를 이해하는 데 아주 중요한 한 가지 개념이 있습니다. 이건 아주 중요한 문제라 좀 힘들더라도 천천히 곱씹어가며 이야기를 해보면 좋겠습니다.

동화를 제대로 즐기려면 시간과 공간의 개념을 알아야 합니다. 시간이니 공간이니 그게 뭐 어려워, 할지 모르겠어요. 물론 그렇습니다. 아주 쉽습니다. 당연히 쉬워야 할 문제가 근대인들인 우리들에게는 아주 어려운 문제가 되어버렸습니다. 이게 문제인 거지요.

이 세상에는 두 개의 우주가 있습니다. 하나는 우리가 늘 눈으로 볼 수 있는 우주입니다. 이 우주의 끝이 어딘지는 모르지만 분명 눈에 보이는 우주(자연)가 있는 거지요. 이런 우주를 우리는 보통 외부 현실이란 말로 부르기도 합니다. 그다음에 또 하나의 우주가 있습니다. 그게 어딥니까? 우리 마음속 우주입니다. 이 마음속 우주도 끝이 어딘지 알 수가 없습니다. 이 마음속 우주는 또 달리 내면 현실이라고도 부릅니다.

마음씨 나쁜 형은 동생에게 나무를 해오라 합니다. 그래서 동생은 산에 가서 나무를 한 짐 해왔습니다. 배가 고프니까 형수한테 밥을 달라 그랬는데 니가 일한 게 뭐 있다고 밥을 달라느냐고 형이 부지깽이로 동생의 눈을 찔러 내쫓았습니다.

여기까지는 우리가 사는 일상에서 일어날 수 있는 가능한 사실의 세계입니다. 그러니까 눈에 보이는 외부 현실에서 일어날 수 있는 일이라는 거지요. 보통 옛이야기는 이렇게 눈에 보이는 일상의 세계에서 시작됩니다. 여기까지는 시공간의 개념을 이해하는 데 하나도 어렵지 않습니다. 그런데 다음이 문제입니다.

동생은 눈이 멀어서 이제는 죽어야겠다고 뒷동산으로 걸어갔습니다. 걸어가서 나무에 목을 매 죽으려 하는데 어디서 승냥이가 몰려와서 "에이, 저기 냇가에 가서 눈을 씻으면 금방 눈을 뜨는데" 하고 "또 저기 바위를 들추면 금독 은독이 나오는데" 하고 알려주었습니다.

이 부분이 참 어렵습니다. 이 승냥이가 나오고 금독 은독이 나오고 하는 시공간을 우리는 어떻게 이해해야 할까요?

옛이야기를 이해하려면 이 문제를 풀어야 합니다.

이렇게 한번 생각해 보지요. 어려운 일이 닥칠 때 보통 사람들은 '아, 이걸 어떻게 하지' 하고 고민을 시작합니다. 고민이 뭡니까? 그게 바로 마음속 여행인 거지요. 우리 마음속으로 깊이 들어가 '아, 이럴 때 어떻게 해야 하지' 하고 깊은 생각을 하는 거지요. 내면 깊은 곳으로 들어가 내면의 소리를 들으려고 하는 거지요. 동생은 눈이 멀어서 '아, 이걸 어떻게 하지' 하고 아마도 간절히 기도하는 마음으로 뒷동산으로 걸어갔을 겁니다. 동생이 뒷동산으로 걸어가는 이 짧은 여행길은 바로 동생 자신의 마음속 우주 깊은 곳으로 들어가는 걸 상징하고 있는 거지요.

이 장면을 표로 그려보면 이렇게 되겠지요.

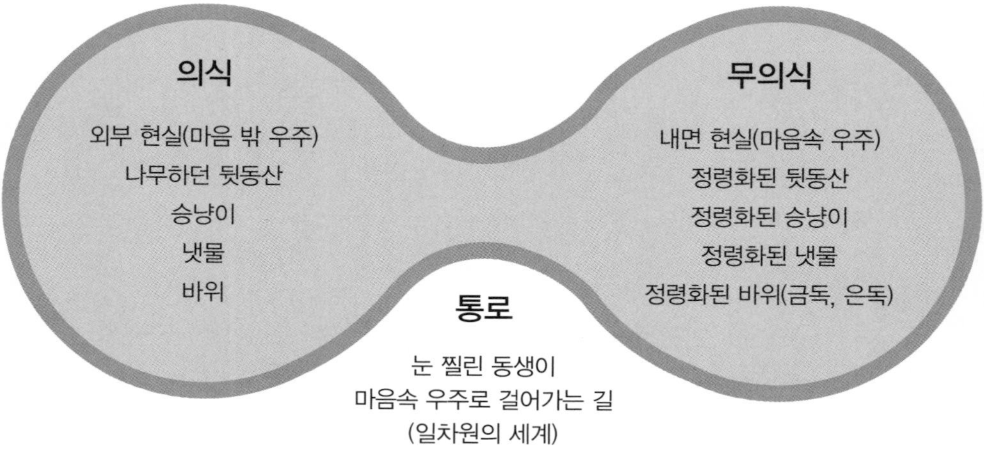

우리가 자연에서 만나는 모든 대상들은 우리 마음속 우주로 들어와 살게 되어 있습니다. 눈 찔린 동생이 뒷동산에서 나무를 할 때 보았던 승냥이가 있을 겁니다. 냇물도 있고 바위도 있을 겁니다. 이 승냥이와 냇물과 바위가 동생의 마음속으로 들어와 정령의 형태로 살아가면서 동생의 심리 에너지에 엄청난 영향을 미치는 거지요. 옛날 사람들은 자연에 사는 생물이나 무생물 모두를 영혼의 형제로 보았습니다.

동생이 죽으려 할 때 동생을 구원해 준 승냥이는 어디 하늘에서 떨어진 목숨이라기보다는 바로 동생의 내면에서 나온 목숨입니다. 비록 죽으러 가는 길이긴 하지만 그래도 동생의 마음속에서는 살아야지 하는 간절한 바람이 있었던 거지요. 그 간절한 바람이 동생의 마음속에서 승냥이와 같은 구원자를 불러온 것이지요. 그러니까 저 뒷동산은 나무를 해오던 그런 외부 현실의 뒷동산이기도 하면서 동생의 마음속 우주에 존재하는 뒷동산이기도 합니다. 승냥이도 살고, 금독 은독도 나오는 구원의 공간이 되기도 하는 그런 마음속 뒷동산인 거지요. 이래서 옛이야기는 마음 밖 우주와 마음속 우주를 넘나드는 대단한 희망의 문학이자 구원의 문학이라 하는 거지요.

예전에 강릉에서 동화 공부하는 선생님, 어머니들과 이야기를 나눈 적이 있습니다. 그때 이런저런 이야기를 하다가 필리퍼 피어스의 「학교에 간 사자」란 작품을 같이 읽고 한 가지 질문을 한 적이 있어요. 앞부분을 읽어주었는데 일단 여기 옮겨보겠습니다.

옛날 옛적에 학교 가기 싫어하는 작은 여자아이가 있었어요. 그 작은 여자아이는 언제나 느지막이 집을 나섰죠. 그러면 얼른 학교에 가야 할 텐데, 여자아이는 절대로 뛰어가지 않았답니다.
어느 날 아침, 작은 여자아이는 여느 때처럼 종종걸음으로 학교에 가고 있었어요. 그런데 모퉁이를 돌아서자, 웬 사자가 길을 딱 막고 서 있지 않겠어요? 사자는 작은 여자아이를 기다리고 있었던 거예요. 사자는 노란 눈으로 작은 여자아이를 빤히 바라보았어요. (『학교에 간 사자』, 45쪽)

이 첫 도입 부분을 읽어주었습니다. 그런 다음에 이런 질문을 했어요. 이 사자는 어디에서 나온 목숨이냐고요.

아마 이런 이야기를 웬만한 아버지들에게 읽어주면 대개 합리적인 이성을 가지고 있으니까 '에이 그런 이야기가 어딨냐, 골목에서 무슨 사자가 튀어나오냐' 하고 코웃음을 칠지도 모르지요. 아마도 이런 아버지들이 더 많을 겁니다. 그런 비현실적인 이야기를 아이들에게 읽혀주냐고 걱정을 할지도 모르겠어요.

그날 강릉에서 동화 이야기를 하는데, 그 자리에는 저녁때라 어머니들이 아이들도 많이 데려왔습니다. 내가 이런 질문을 하니까 어른들은 글쎄 하면서 갸우뚱 하고 있는데 아이들은 금방 맞추었어요. 그 사자는 바로 작은 여자아이 마음에서 나온 거라고요. 그렇습니다. 아이들은 맞춥니다. 아이들이 어른보다 머리가 좋아서라기보다는 아이들은 이런 경험을 실제로 하고 살기 때문이지요.

위 이야기를 보면 작은 여자아이는 학교에 가기 싫어 아주 천천히 걷고 있습니다. 아이들이 학교에 가기 싫다는 건 무언가 그 아이에게 지금 고민이 있다는 거지요. 아까 「눈 찔린 동생」 이야기에서도 눈이 멀었을 때 동생은 걷지 않았습니까? 걸어서 뒷동산으로 가지요. 걷는 행위는 바로 자신의 내면으로 들어가는 걸 상징하는 거라 할 수 있겠지요. 어려운 일이 있을 때 사람은 혼자 걷기도 합니다. 걸으면서 생각을 하는 거지요. 이를 어쩌나 하면서 자기 마음속 깊은 곳으로 내면 여행을 해들어가는 거지요. 그러면 그 마음 깊은 곳에서 자신에게 구원자가 되어주는 사랑하는 아이들도 만나고, 사랑하는 애인도 만나고, 사랑하는 엄마 아빠도 만나고, 친구도 만나고 그러는 거지요. 그런 대상들을 상징하는 마음속 구원자의 총칭이 바로 승냥이이기도 하고 사자이기도 한 거지요.

그러니까 우리는 「학교에 간 사자」 같은 동화를 볼 때도 어디서 뜬금없이 사자가 나타나더라도 그 사자가 무언가 고립되고 결핍된 아이의 내면에서 나온, 구원자가 되는 목숨이라는 걸 알면 이 동화를 새롭게 감상할 수 있는 거지요.

「학교에 간 사자」 이야기를 들려주고 그 사자가 어디에서 나온 거냐고 물었을 때 어른들은 대답을 못하는데 아이들은 오히려 금방 대답을 하였습니다. 여기에서 어른과 아이가 살아가는 시공간의 차이가 존재한다는 사실을 알 수 있지요.

이 동화에서 아이가 학교에 가는 골목길은 외부 현실 공간이지만 갑자기 사자가 나오는 공간은 아이의 마음속 공간, 내면 현실 공간이라 할 수 있지요. 이 이야기에서 외부 현실하고 내면 현실에 무슨 벽이 있나요, 아니면 그냥 하나로 통해 있나요? 아무런 벽이 없습니다. 어디까지가 외부 현실인지 어디까지가 내면 현실인지 그 가르는 벽이 없이 그냥 하나로 문이 열려 같은 차원에 있습니다. 그래서 이런 시공간을 옛이야기 연구가인 막스 뤼티는 '일차원성의 세계'라고 하였습니다. 아주 중요한 말입니다. 마음 밖과 마음속이 하나의 차원으로 열려 있다는 것이지요.

『반지의 제왕』을 쓴 톨킨 같은 사람도 보이지는 않지만 느낄 수는 있는 세계가 바로 판타지의 세계라 하였습니다. 톨킨은 이 판타지의 세계, 마음속 우주의 세계를 제2차 세계라 불렀습니다. 우리가 살고 있는 눈에 보이는 마음 밖 우주의 세계는 제1차 세계라 부릅니다. 다 비슷한 개념들입니다. 언어가 조금 다를 뿐이지요.

아이들은 마음 밖과 마음속 공간에 벽이 없어 그냥 왔다 갔다 하며 살아갑니다. 다시 말하면 몸과 마음이 분리되어 있지 않고 늘 하나로 산다는 거지요. 몸 따로 마음 따로 될 때 사람은 괴로운 거지요. 물론 몸 따로 마음 따로 있으면서 과학적으로 세상을 분석하는 이성의 힘은 강해져서 근대 문명을 만들어내기도 하였지만 한편으로 몸과 마음이 분리되어 그냥 그렇게 서로 떨어져 살게 되면서 정신적으로는 힘든 생활을 하게 되기도 한 겁니다.

표로 그려보면 이런 거지요.

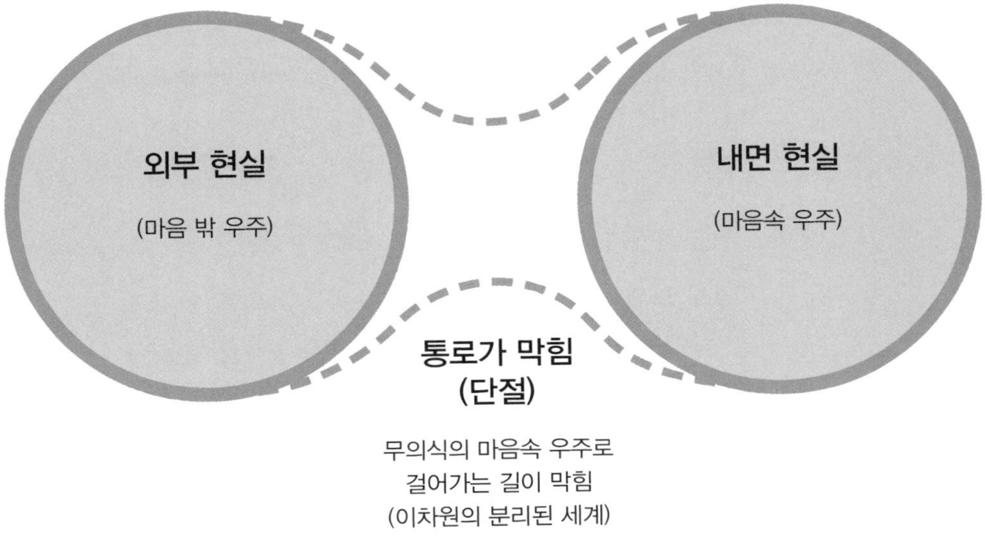

다시 말해서 사람들은 우리 몸 저 깊은 내면에 들어 있는 마음의 소리를 제대로 듣지 못하고 살게 된 것이지요. 우리 내면 저 깊은

곳에 존재하는 승냥이나 사자의 소리를 듣지 못하고 근대화된 제도가 강요하는 페르소나에만 갇힌 삶을 살도록 강요받고 있다고도 볼 수 있습니다.

우리가 아이들에게 동화를 들려주어야 하는 이유도 여기에 있습니다. 현대인들은 몸과 마음이 분리된 이차원의 세계에만 너무 갇혀 살고 있습니다. 몸과 마음이 소통이 되지 못할 때 몸은 몸대로 힘들고 마음은 마음대로 힘이 들게 되는 것이지요.

지금 아이들을 기르는 부모들이나 선생님들만 해도 아마 어릴 때 동화를 듣거나 읽고 자라지는 않았을 겁니다. 그러니까 듣는 문학 시기를 제대로 거치지 않고 어른이 된 거지요. 그렇다고 학교에서 동화를 듣고 자랐냐면 그렇지도 않습니다. 일등주의 교육에 사로잡혀 아마 암기식 위주의 교육만 받았을 거예요.

그래서 어떻게 보면 지금 어른들의 마음속에는 동화 언어가 들어 있지 않습니다. 동화 언어가 들어 있지 않다는 건 아주 심각한 문제입니다. 마음속 우주에 구원자가 되어주는 승냥이나 사자와 같은 목숨들이 살고 있지 않다는 거지요. 승냥이나 사자 같은 구원자가 전해 주는 영적인 상징물이라 할 수 있는 금, 은과 같은 기적의 선물이 들어 있지 않다는 겁니다.

이 시공간의 문제는 너무 중요해서 여러분들의 이해를 돕기 위해 다시 또 한 가지 이야기를 해보겠습니다.

아인슈타인이란 과학자가 있습니다. 이 유명한 과학자에게 어머니들이 물었습니다. 당신같이 훌륭한 과학자가 되려면 아이들을 어떻게 교육해야 하냐구요. 그랬더니 아인슈타인은 이렇게 말했습니다. 그저 아무 생각 말고 동화책을 많이 읽히라고요. 그러니까 또 한 어머니가 물었습니다. 우리 애는 동화책을 열심히 읽고 있는데 다른 건 없냐고요. 그래도 읽을 책은 많을 테니 계속 더 열심히 동화책을 읽히라고 하였습니다.

아인슈타인의 저 말은 참으로 통찰력이 있고, 또 동화의 본질을 저처럼 잘 표현한 말도 없을 것 같습니다. 아인슈타인은 왜 훌륭한 과학자가 되려는 아이들에게 동화책을 많이 읽히라고 하였을까요? 앞에서도 우리가 살펴본 것처럼 과학의 세계는 상당히 합리적인 이성을 바탕으로 하는 세계가 아닙니까? 그런데 뒷동산에 가는데 승냥이가 나오고 눈을 뜨게 하는 냇물이 나오고 금독 은독이 나오고, 갑자기 학교 가는데 사자가 나오고 하는 이런 이야기들은 오히려 아이들로 하여금 과학적인 사고 능력과는 좀 거리가 멀어지게 할 수도 있을 것 같은데요.

여기서 잠깐 톨킨이 한 말을 들려드리겠습니다. 톨킨이 쓴 『반지의 제왕』은 영화화되어서 웬만한 사람은 다 보았지요. 톨킨은 처음에 동화를 썼습니다. 『호비트』란 동화를 썼어요. 이 동화를 쓰고 났는데 그 동화의 의미를 사람들이 잘 모르니까 자기가 쓴 동화가 어떤 의미가 있는지 알리기 위해 강의를 하고 그 강의 내용을 묶어 책으로 낸 적이 있습니다. 거기에 「요정 이야기에 관하여」란 제목의 글이 들어 있는데요, 요즘 판타지 이론을 말하는 사람들이 쓰는 개념어가 상당 부분 이 톨킨에게서 나온 말들입니다.

위 글에서 톨킨은 이런 말을 합니다. 아주 명쾌한 말입니다.

"인간이 개구리와 사람을 구별하지 못한다면 개구리 왕자 같은 요정 이야기는 생겨나지도 않았을 것이다." (『Tree and Leaf』, 51쪽)

그렇습니다. 외부 현실의 세계는 일 초의 오차도 없이 움직이는 규칙적인 가능한 사실의 공간입니다. 그러나 사람마다 다 갖고 있는 내면 현실의 세계는 일 초의 오차도 없이 움직이는 가능한 사실의 세계와는 다릅니다. 우리 마음속 현실에서는 외부 세계에는 존재하지 않는 무수한 상상 속 동물들이 존재합니다. 눈을 씻으면 낫는 시냇물도 존재하고 금독 은독도 존재합니다. 이런 구원자나 기적의 선물은 바로 눈을 찔린 동생의 간절한 바람이 자신의 내면에서 발견한 목숨들입니다. 우리 마음속 세계는 그래서 간절한 바람의 세계라고 합니다. 가능한 사실의 세계는 아니지만 눈 찔린 동생에게는 눈을 낫게 해주는 시냇물이 존재해야만 하고, 금독 은독이 존재해야만 하는 이 모든 영혼의 상징물인 대상들이 존재해야만 하는 진실의 세계인 거지요.

사실의 세계를 탐구하는 과학은 간절한 바람의 세계인 마음속 내면을 탐구하는 동화의 세계를 이해할 때 훨씬 인간적이며 풍요로운 과학 문명을 이루어낼 수 있는 거지요. 간절한 바람의 세계인 인간의 마음속 세계에 대한 감각이 부족한 사람이 과학의 세계에만 몰두할 때, 그 사람이 이루어내는 과학의 정신은 아마도 물신주의에 금방 물들어 병들 수도 있을 겁니다.

왜곡된 근대 교육을 받은 어른들은 눈에 보이는 현실만 현실인 줄 알고 있습니다. 그러나 동화 공부를 하고 나면 이런 편견은 깨지지요. 아이를 기르는 어른들은 눈에는 보이지 않지만 느낄 수는 있는 마음속 우주도 하나의 엄연한 현실이란 생각을 가져야 합니다. 아인슈타인은 바로 이 이야기를 하고자 한 것이지요.

자, 그럼 이제 정리를 좀 해보겠습니다. 「눈 찔린 동생」과 같은 옛이야기를 아이들에게 들려줄 때 눈을 뜨게 하는 시냇물이 나오고, 금독 은독이 나오고, 승냥이가 나오고, 학교 가는 길목에서 사자가 나오고 하더라도 우리는 이제 '아, 이건 눈에 보이는 외부 현실에서 일어나는 일이 아닌 또 하나의 엄연한 현실이라 할 수 있는 고통을 당하는 주인공의 내면 현실에서 일어나는, 아니 일어나야만 하는 진실한 이야기이지' 하는 확신을 가져야 하는 거지요. 그런 이야기의 본질을 알고 아이들에게 동화를 들려준다면 들려주는 어른들의 목소리에는 풍부한 감정이 실리고 표정과 몸짓은 동화 속 주인공의 삶을 대신 살아주는 열정으로 가득 차게 될 것입니다.

그런 이야기를 듣고 자란 아이들의 마음 밭에는 승냥이와 같은 구원자도 살고, 사자와 같은 구원자도 살고, 그들이 갖다주는 온갖 기적의 선물이 또한 가득 차 있겠지요. 이렇게 어린 시절 동화를 듣고 읽고 자란 아이들이 커서 어떻게 마음이 따뜻하고 진정으로 사랑을 나누는 인간이 되지 않을 수 있을까요. 그렇지요?

5
옛이야기 속
고난 극복의 리듬

나는 아주 힘든 일이 있으면 주로 걷습니다. 걷기 명상을 합니다. 겉으로만 보면 그저 어딘가를 향해 걷는 사람으로 보일 겁니다. 그러나 명상을 할 때 내가 가는 목적지는 외부 세계에 있지 않습니다. 내가 걸어서 닿고자 하는 세계는 마음속 우주이자 나에게 존재의 본질을 탐구할 수 있도록 도움을 주는 온갖 정령들이 살고 있는 영혼의 고향입니다. 마음속 우주인 깊은 내면의 영적 세계를 향해 걷고 있는 것이지요. 다시 말해서 나는 마음 밖에서 마음속 우주를 향해 걷고 있는 것입니다. 그게 바로 걷기 명상입니다. 나그네는, 여행자는 어디 마음 밖 우주 경치 구경만을 하러 다니는 사람은 아닐 겁니다. 그것만이 아니라 진리를 찾아서 마음속 우주로 여행을 다니는 사람입니다. 이게 바로 탁발승의 본질이지요.

다시 「눈 찔린 동생」 이야기로 돌아가 봅시다.

눈 찔린 동생은 지금 절대 절명의 위기에 처해 있습니다. 눈이 찔려 앞이 하나도 안 보이는 순간을 맞이하였습니다. 이것도 상징입니다. 상징으로 읽으면 더욱 좋습니다. 눈 찔린 동생의 저 모습은 현실에서 겪은 온갖 고통스런 경험을 상징적으로 드러내고 있는 것이지요.

옛이야기 주인공들은 대개 하나같이 저렇게 고립된 자리에 있습니다. 바보거나, 삼형제 가운데 막내거나, 자식이 없는 할아버지 할머니거나 그렇습니다. 이것도 대단한 상징입니다. 옛이야기는 낮은 자리에 사는 백성들의 이야기입니다. 그렇기 때문에 당연히 권력을 쥐지 못한 백성들의 삶은 잘 들여다보면 하나같이 저런 눈 찔린 동생의 경우와 같은 상징의 경험을 할 수밖에 없었을 겁니다. 그래서 저렇게 고립된 사람들이 이야기의 주인공이 되었다고 볼 수도 있습니다. 또 다른 말로 표현해 보면 옛이야기 주인공은 고립되었기 때문에 간절한 내면 여행을 떠날 수 있는 것이지요.

신화를 연구하는 사람들은 이런 이야기를 합니다.

단 하나의 참된 지혜는 인류로부터 멀리 떨어져 있다. 그 지혜는 위대한 고독 속에 존재한다. 그리고 고통을 통해서만 그 지혜에 도달할 수 있다. 궁핍과 고통을 통해서만이 우리의 마음은 그 감추어진

세계에 도달할 수 있는 것이다.(『신의 가면 I 원시 신화』, 71쪽)

조셉 캠벨이 위 책을 쓰면서 라스무센이 한 말을 인용한 것입니다. 그렇습니다. 저 눈 찔린 동생의 존재는 우리들에게 삶에 대해 어떤 사유를 하게 합니다. 저 눈 찔린 동생이 저 고통을 통해서 도달하는 감추어진 세계는 과연 어디인가? 그 세계는 우리에게 어떤 철학적 사유를 가능하게 하는 공간인가?

신화를 연구하는 사람들은 또 이런 이야기도 합니다.

"인간의 고통 속에 존재하는 '중대하고 불변하는' 것을 아는 사람은 그것을 인생의 최고 목표로 간주하게 되는 어떤 경험을 하게 된다"(같은 책, 72쪽)는 것입니다. 왜냐하면 알고 보면 삶에서 "고통 그 자체는 하나의 속임수"(같은 책, 72쪽)일 뿐이라는 거지요. "고통 속에 감추어진 알맹이를 제대로 보면 그 안에는 깨달음의 깊은 환희"(같은 책, 75쪽)가 있다는 겁니다.

민담의 주인공들이 고립된 자리에서 겪는 고통 속에 내재되어 있는 그 의미를 제대로 이해할 필요가 있습니다.

그럼 저 눈 찔린 동생은 고통의 체험을 통해서 어떤 세계에 도달하였습니까?

눈 찔린 동생은 걷고 걸어서 자기의 마음속 우주(뒷동산)에 도착하였습니다. 그 마음속 우주에 도착해 아유, 이제는 죽어야겠다 하고 목을 매려 하는데 승냥이 정령이 나타나서 말을 합니다.

"아유, 저 냇가에 가서 눈 씻으면 눈 뜨는데 그것도 몰라."

그러자 또 한 승냥이가 "그래, 사람들은 참 바보야. 조기 바위 들치면 금독 은독 있는데 그것도 몰라" 하면서 놀립니다.

눈 찔린 동생은 승냥이 정령의 소리를 다 들었습니다. 여기에서 우리는 아주 깊은 삶의 철학 한 가지를 공부할 수 있습니다.

사람은 그 누구든지 고난 극복의 리듬을 타며 살아갑니다. 하느님이 어느 한 사람만 예뻐해서 고난은 주지 않았을 리가 없습니다. 문제는 고난의 순간이 왔을 때 그 순간을 어떻게 맞이하고 극복하느냐에 달려 있는 것이지요.

고난의 순간이 다가왔을 때 사람은 누구나 마음속 여행(고민, 명상, 기도)을 합니다. 이건 일종의 본능입니다. 그런데 문제는 이 마음속 여행을 떠나면서 저 옛이야기 속 눈 찔린 동생처럼 빛이 되는 승냥이와 같은 정령을 만나는 사람들이 있고 그렇지 못한 사람들이 있는 거지요. 이게 중요합니다.

예전 분당에 살던 적이 있었습니다. 율동공원에서 가까운 곳이었습니다. 나는 직장에 매인 몸이 아니었기 때문에 집에서 글을 쓰다가 틈만 나면 율동공원으로 산책을 나갔습니다. 아침이고 낮이고 밤이고 가리지 않고 율동공원엘 다녔습니다. 공원에 가면 한 아주머니가 운영하는 매점이 있었는데, 가끔 거기에서 커피도 마시고 하다 보니까 아주머니하고 말벗이 되었습니다.

아주머니는 이야기를 아주 잘하는 그야말로 이야기꾼이었습니다. 이런 사람들이 있습니다. 내면을 밖으로 잘 드러내는 사람들이 있습니다. 자기 속내를 잘 드러내니까 이야기하는 데 거침이 없고 그래서 듣는 사람은 금방 친밀감을 느끼게 됩니다.

매점 안쪽으로 들어가면 둥그런 탁자가 있고 거기에 동그랗게 의자가 서너 개 놓여 있습니다. 낮에는 마을 어르신들이 늘 그 자리를 차지하고 있어 밤이 되어서야 나는 그 자리에 앉을 수가 있습니다. 어르신들이 집으로 돌아가는 밤에는 매점에 손님도 거의 없고 그래서 아주머니도 한가합니다. 그러면 이제 아주머니가 이야기를 풀어 놓습니다. 자기가 살아온 이야기, 가족 이야기를 있는 그대로 합니다.

그러던 어느 날 아주머니가 내게 아주 힘든 이야기를 하였습니다. 매점은 시에서 운영하는 것이라 해마다 입찰을 새롭게 해야 한답니다. 그 입찰을 놓고 경쟁이 붙었는데 그때 입찰 문제로 남편이 무언가 절차상 잘못을 범하는 바람에 경쟁자가 고발을 해서 감옥에 가게 생겼다는 겁니다. 아이들도 딸리고 먹고 살 일도 만만치 않은데 이런 일이 겹쳐 아줌마는 저 눈 찔린 동생과 같은 처절한 고난의 시기를 맞이하게 되었습니다.

나는 그때 이야기 친구로서 참으로 안타까웠습니다. 아주머니에게 내가 도와줄 일이 하나도 없었습니다. 돈이 있는 것도 아니고 권력이 있는 것도 아니고 장사 경험이 있는 것도 아니니 무슨 도움이 될 일이 없었습니다. 내가 가진 거라곤 아동문학을 공부하는 사람이니 동화책밖에는 없었습니다.

'아, 이거라도 아줌마에게 전해 주어야겠다' 하는 생각이 들어 『몽실 언니』니 『바보 온달』이니 하는 책을 싸들고 공원 매점엘 들렀습니다.

아주머니에게 "아주머니, 아무리 힘들더라도 울면서라도 이 동화책은 꼭 읽으세요" 하고 몇 번을 다짐하며 건네주었습니다. 나중에 들어보니 아주머니는 동화책을 그 힘든 정신없는 때에도 다 읽었습니다. 나는 그 사실을 알고 '아, 이 아주머니는 절대 절망하지 않는다' 는 걸 확신하였습니다.

고통과 고난 때문에 사람이 망가지는 건 아니지요. 고난의 순간은 누구에게나 찾아옵니다. 고난의 시기를 통과할 때 마음속 우주에서 구원자가 되는 '정령' 을 만나지 못하기 때문에 스스로 공허하고 우울증에 빠지며 자멸하는 것이지요.

'동화책을 읽는다' 는 행위에는 여러 의미가 들어 있습니다. 『몽실 언니』를 읽는다고 합시다. 『몽실 언니』를 읽고 감동을 받았다면 아주머니의 마음속 우주에는 그 고통의 나날 속에서도 동생 난남이를 업고 '하느님이 일하시니 나도 일하지 않을 수 없다' 는 그런 마음자리에서 살아가는 몽실이 정령이 들어와 살게 되는 것이지요.

몽실이 정령과 같이 대화 나누며 고난 속에 깃들어 있는 삶의 본질이 무엇이냐, 사유를 하게 되는 것이지요.

내면 속에 온갖 빛이 되는 정령들이 살고 있는 사람들은, 그 정령과 교감하면서 사는 사람들은 자기 존중감이 있습니다. 그렇기 때문에 절대 스스로 절망하지 않습니다. 이런 사람들은 분명히 눈 찔린 동생이 얻은 눈 뜨는 시냇물이나 금독 은독과 같은 기적의 선물을 발견하고야 말 것입니다.

6
보이지는 않지만 느낄 수는 있는 존재

예전에 오포에 살 때 겪었던 이야기를 하나 해보겠습니다. 내가 살던 집 주위는 온통 밭이었어요. 이쪽 창을 열어봐도 밭이고, 저쪽 창을 열어봐도 밭이었습니다. 내가 살던 집 앞에 한 육백 평 정도 되는 큰 밭농사를 짓는 할아버지가 살고 계셨는데요. 이 동네로 이사 오고 나서 할아버지에게 부탁해 조그만 텃밭을 얻었습니다. 텃밭에 가려면 할아버지네 넓은 밭을 지나가야 합니다. 밖에서 볼 일이 없을 때 텃밭에 나가 놀다보면 하루가 금방 지나가요. 저녁때가 되면 모기가 달려들어 더 있을 수가 없지요. 그때 집으로 돌아오는데 돌아오면서 또 할아버지네 밭을 가로질러 와야 합니다. 할아버지네 밭 고가 한 끝에 닭장이 있고 그 옆에 두엄더미가 있습니다. 그 두엄더미 옆을 지날 때면 꼭 만나는 친구들이 있습니다. 두꺼비 가족이에요. 보통 서너 마리를 만납니다. 덩치가 아주 커서 위풍이 당당한 친구들이 있고 아주 어린아이같은 친구도 있습니다.

두꺼비들은 생태가 그러한지 어디 숲 속에서 한낮에는 쉬다가 저녁이 되면 어슬렁어슬렁 활동을 시작하나 봅니다.

두엄더미 옆에 모여 있는 두꺼비 가족을 만나면 나는 그 앞에 앉아 인사를 합니다.

"안녕?"

그러면 두꺼비들도 인사를 해요.

"안녕?"

하구요.

우리는 반갑게 인사를 나누고 잠깐 짧은 이야기를 나눕니다.

"야, 오늘 무지 덥다. 더워 미치겠다."

"그래? 난 별로 덥지 않던데, 그 정도 가지고 뭘 그래."

"넌 풀숲에 숨어 있었으니까 그렇지. 난 덥다고. 어디 숨을 데도 없고 미치겠더라. 근데 밥은 먹었냐?"

"아니, 이제 먹으려고 나왔어."

이런 식으로 두꺼비하고 이야기를 합니다. 정말 이야기를 합니다. 여러분은 지금 내가 이야기를 했다니까, 에이 하고 믿지 않는 분들이 있을지 모르겠어요. 정말 나는 두꺼비와 이야기를 나눕니다.

그렇다면 어떻게 이야기를 나누는 걸까요? 두꺼비하고 나하고는 같은 언어를 공유하는 것도 아닌데요.

앞에서 「눈 찔린 동생」 이야기를 하였지요. 눈 찔린 동생은 승냥이의 얘기를 다 알아들었습니다. 도대체 어떻게 이런 일이 가능할까요? 여러분 가운데는 '에이, 그거야 다 그냥 그렇다고 속아주는 거지, 뻥인 줄 알면서 아이들이나 즐기는 거니까, 그냥 속아주는 거지. 뭘 승냥이가 말을 하고, 그걸 알아 듣고 그래' 하고 아주 이성적인 과학의 논리로 자신의 똑똑한 사고 체계를 과시하는 사람들이 있을지도 모르겠습니다.

그러나 한번 생각해 보십시오. 바로 이러한 사고에 아주 큰 함정이 있습니다. 승냥이가 말하고 그 말을 알아듣고 하는 이야기 세계가 그야말로 '뻥' 이라면, 그러면 옛날 사람들은 어리석고 모자란 바보라서 이런 이야기를 즐긴 걸까요? 그렇지 않을 겁니다. 승냥이가 말을 하고 그 말을 사람들이 알아듣는 저 세계는 거짓의 세계가 아니라 오히려 진실한 세계입니다. 저 세계가 자연과 인간 모두에게 해당하는 존재의 본질을 탐구하는 진실한 세계란 사실을 알 때 옛이야기는 내게 감동 깊게 다가오는 것이고, 그런 감동을 느낀 사람이 이야기를 들려줄 때 듣는 사람도 이야기에 빠져들 수 있는 것이지요.

저 앞에서 일곱 살 여자아이가 꾼 뱀 꿈 이야기를 하였습니다.

일곱 살 난 딸의 꿈 이야기를 듣고 아이의 마음속 우주에 자신이 부재한다는 사실을 알게 된 아버지는 마음속에 무언가 큰 심리적인 영향을 받았습니다. 아내가 남편에게 아이 좀 잘 돌보라고 수많은 잔소리를 하는 것보다 이 한 편의 꿈 이야기가 아버지의 마음을 더 뒤흔들었습니다. 꿈(옛이야기)은 이렇게 힘이 셉니다.

그런데 아쉽게도 이 아버지는 아이에게 옛이야기를 들려주거나 읽어주려 하는데 도무지 흥이 나지 않은 겁니다. 환상적이고 기적의 선물이 오고 가는 이런 옛이야기가 좀처럼 오늘 내 삶에 무슨 의미가 있는 건지 더 깊은 사유를 하기가 힘들기 때문에 이야기가 가슴에 와닿지 않으니 점점 동화 들려주기도 힘이 빠지는 거지요. 억지로 의무감에 당위성 때문에 마지못해 해보긴 하였지만 역시 오래 하기는 힘든 것입니다. 억지로 하는 건 오래 할 수 없습니다.

무슨 일이든지 재미있으면 하지 말래도 합니다. 공부도 재미있게 해야 할 것 같아요. 아이들이 공부를 어려워하는 건 선생님들이 재미있게 가르치지 않아서 그럴 겁니다. 모든 과목이 다 신비한 이야기를 담고 있습니다. 정말 재미있는 이야기 세계로 풀어낼 수 있겠지요. 그래서 선생님은 이야기꾼의 자질이 있어야 할 것 같아요. 이야기꾼이 먼저 되어야 할 것 같습니다.

부끄럽게도 나도 동화 공부를 꽤 오래 해오고 있지만 이제야 조금 동화 공부가 재미있어집니다. 나도 이제야 동화 공부를 '재미'로 하는 단계에 들어서는 느낌이 듭니다. 일단 내가 먼저 재미를 느껴야 하겠지요. 내가 옛이야기 공부, 동화 공부가 너무 재미있으니까 비록 조금 얘기를 못하더라도 동화를 좋아하고 사랑하는 나의 열정만큼은 여러분들에게 전해질 거라는 믿음이 있습니다. 어떤 한 분야에 재미를 느끼고 감동을 하면 자연스럽게 자기 존중감이 생기는 것 같아요. 이런 자기 존중감은 또 타자에 대한 신뢰로 발전해 가는 거지요.

자, 그럼 다시 두꺼비 이야기로 돌아가지요. 두꺼비와 나는 어떻게 이야기를 나눈 걸까요. 옛날 이야기에서 눈 찔린 동생은 승냥이와 어떻게 이야기를 나눈 걸까요.

한 가지만 여러분들께 물어보겠습니다.

지금 여러분과 내가 강의실에 있다고 해봅시다. 여러분들의 아이는 학교에 갔습니다. 지금 여러분들의 눈에 아이는 보이지 않습니다. 그러나 여러분들의 마음속에는 아이가 들어 있을 겁니다. 여러분들의 마음속 우주에는 아이가 들어와 있는 거지요. 마음 밖 우주(외부 현실)에서는 여러분과 아이가 서로 떨어져 있지만 마음속 우주(내면 현실)에서 여러분과 아이는 하나로 통해 있습니다. 여러분 마음속 우주에 아이가 들어와 있기 때문에, 여러분들은 심리적으로 아이를 느끼기 때문에 이렇게 편안한 마음으로 동화 공부를 할 수 있는 거지요.

얼마 전에 『풍경소리』란 잡지를 읽는데 이 문제와 관련해서 아주 좋은 예가 되는 이야기가 있어 소개해 보겠습니다.

어떤 근본주의자 교장 선생이 아이들에게 이런 설교를 하였답니다. 너희가 기도하는 것은 하느님으로 하여금 너희를 보시게 해 드리기 위해서라고요. 하느님이 너희한테서 얼굴을 돌리시면 너희들은 이 낙엽처럼 시들어 죽고 말 거라면서 아이들에게 말라죽은 낙엽을 보여주었대요. 그 설교를 들은 아이는 하느님이 자기에게 얼굴을 돌리시면 어떻게 하나 큰 걱정에 휩싸였다는 겁니다. 고민 고민 하다가 아이가 평소에 자상하게 대해 주던 할아버지에게 물었답니다. 뒷이야기를 옮겨보지요.

이윽고 할아버지가 집에 오시던 날, 나는 학교에서 있었던 일을 숨가쁘게 말씀드렸다. 그러고는 떨리는 목소리로 물었다.

"하느님이 나를 깜빡하시면 어떻게 해요?"

그러면서 엄습하는 두려움 때문에 할아버지 어깨에 기대어 울음을 터뜨렸다. 할아버지가 머리칼을 쓸어주며 나를 위로하셨다. 비록 겉으로는 태연한 척하셨지만 깊은 실망과 함께 분노를 속으로 삭이고 있다는 느낌이 들었다.

하지만 늘 그러셨듯이 할아버지는 조용한 음성으로 내게 질문함으로써 내 질문에 대답하셨다.

"나수멜-레."

할아버지는 내 이름(오랫동안 그것이 할아버지가 나를 부를 때 쓰는 애칭인 '꼬마 나오미' 인 줄 알았는데 본디 뜻은 '꼬마 영혼' 임)

을 부르셨다.

"네가 잠을 자다가 밤중에 깨었을 때 곁에 엄마 아빠가 없으면, 그분들이 너를 네 방에 두고 자기들 방에 있는 걸 아니, 모르니?"

나는 계속 울면서 안다고 고개를 끄덕였다.

"어떻게 그걸 알지?" 할아버지가 다시 물으셨다.

"그들을 네 눈으로 보고서 아니?"

나는 아니라고 고개를 저었다.

"그럼 목소리를 듣고?"

"아니."

"손으로 만져보고?"

나는 울음을 그쳤다. 할아버지의 질문을 받는 중에, 나 혼자 집에 있는 것이 아님을 내가 알고 있다는 사실이 분명해졌기 때문이다. 내가 그렇다고 말하자 할아버지는 고개를 끄덕이며 말씀하셨다.

"좋아, 좋아! 하느님도 너를 그렇게 아신단다. 네가 여기 있는 걸 알기 위해서 굳이 너를 눈으로 봐야 하는 게 아니야. 그분은 그냥 아셔. 마찬가지로 너도 하느님이 계시는 걸 알고 있지. 하느님이 계시고 네가 혼자 있는 게 아님을 그냥 아는 거야."

우리 집에 계시는 하느님의 현존에 대한 그날의 깨달음은 내게 결코 지워지지 않는 경험이 되었다. 그분과 우리의 관계는, 우리가 비록 그것을 보지 못하고 지나친다 해도, 언제 어디서나 끊임없이 이루어지고 있는 그런 것이다. (『풍경소리』, 2009년 4월호, 20~22쪽)

그렇지요. 보아야만 알 수 있는 게 아닙니다. 보아야만 느낄 수 있는 게 아니지요.

여러분들의 마음속 우주에 들어와 있는 아이를 보통 '정령이 된 아이' 라 부릅니다. 현실에서 살아가는 아이와 엄마의 마음속에 들어와 살고 있는 정령이 된 아이는 동양의 언어로 말하면 같으면서 다르고, 다르면서 같은 목숨입니다. 이게 참 중요합니다.

현실에서 살아가는 아이는 하나인데 이 아이는 엄마의 마음속에도, 아빠의 마음속에도, 할아버지의 마음속에도, 할머니의 마음속에도 다양한 모습의 정령이 되어 살아갑니다. 한 사람이 수많은 사람의 마음속 우주에 들어가 정령의 형태로 살아가는 거지요.

앞서 일곱 살 난 아이의 꿈 이야기를 하였습니다. 그 꿈속에는 동생, 엄마, 내가 존재합니다.

꿈속의 동생, 엄마, 나의 모습은 가족이 정령화된 형태로 변신한 목숨들입니다. 꼭 있어야 할 순간에 아버지 정령이 아이 마음속에는 사라진 것이고, 그래서 아이를 사랑하는 아빠는 번뜩 정신을 차린 것입니다. '아, 내가 아이의 마음 밖 우주에서는 아버지란 이름으로 살아가지만 실제 아이의 마음속에는 정령의 형태로 들어가 있지 않구나' 하는 생각을 하게 된 것이지요.

여기서 우리는 대단한 사유의 전환을 경험하게 됩니다. 이렇게 물어볼 수 있습니다.

마음 밖 현실에서 살아가는 목숨도 중요하지만 어쩌면 마음속 우주에서 살아가는 정령이 더 그 사람의 실체를 드러내 보여준다는 것이지요. 이렇게 생각하면 이제 목숨을 보는 눈, 존재의 본질을 탐구하는 눈이 달라집니다. 마음속 우주에서 살아가는 정령은 아무리 도수가 높은 현미경을 갖다 들이대도 볼 수가 없습니다. 마음속 우주에서 살아가는 정령은 '마음의 눈'으로만 보고 느낄 수 있습니다.

여러분들은 이제 내가 어떻게 두꺼비와 이야기를 했다는 건지 좀 짐작이 가십니까? 마음 밖 우주(할아버지 밭)에서 살고 있는 두꺼비에 내가 관심을 갖자마자 에로스가 통하자마자 리비도가 작동하자마자 두꺼비는 내 마음속 우주에 '두꺼비 정령'으로 들어와 살게 된 것이지요. 그래서 나는 두꺼비 정령과 그런 이야기를 주고받은 것입니다.

한번 내 마음속에 들어온 정령은 사라지지 않습니다. 내 마음속 우주 어느 한 구석에 집을 짓고 살아갑니다. 여러분들과 옛이야기 공부, 동화 공부를 하기 위해 내 마음속 우주에서 두꺼비 정령을 불러냈습니다. 마음의 눈을 뜨면 아마 여러분들도 두꺼비 정령을 느낄 수 있을 겁니다. 정령은 꿈과 같이 마음의 눈으로 보고 에너지로 느껴야 만날 수 있습니다.

7
동화 속에서 만난 빛이 되는 정령

필리퍼 피어스는 서양에서도 장르의 달인이라 알려진 작가입니다. 판타지, 소년 소설, 창작 옛이야기를 비롯해서 다양한 형식의 작품을 써냈습니다. 동화 쓰는 작가들이 얼마나 유머러스하게 '옛이야기' 시공간을 이용하면서 아이들과 이야기를 즐기는지 감상해 보시기 바랍니다. 「학교에 간 사자」란 작품을 한번 같이 읽어보면서 감상해 보겠습니다.

옛날 옛적에 학교 가기 싫어하는 작은 여자아이가 있었어요. 그 작은 여자아이는 언제나 느지막이 집을 나섰죠. 그러면 얼른 학교에 가야 할 텐데 여자아이는 절대로 뛰어가지 않았답니다. (『학교에 간 사자』, 45쪽)

아이들은 노는 존재입니다. 아이가 학교에 가기 싫어하는 건 무언가 문제가 있는 것이지요. 그냥 아무 이유 없이 학교에 가기 싫어할 까닭이 없습니다. 이 작은 여자아이는 '눈 찔린 동생'과 같이 처절한 고통에 직면해 있지 않더라도 아이가 느끼는 고통의 강도는 결코 눈 찔린 동생보다 남편이 감옥에 가게 된 여인보다 더 적다고만 말할 수는 없습니다. 아이는 자기만큼의 우주에서 최대한의 치열한 삶을 사는 거니까요.

아이들은 보통 집과 학교를 오가며 살아갑니다. 자기 삶의 가장 중요한 근거지인 이 두 곳 가운데 한 곳이 문제가 있다면 아이에게는 보통 일이 아닌 것이지요. 이 고립된 아이는 그래도 학교에 가긴 합니다. 눈 찔린 동생이 그 고통 속에서 아유 이젠 죽어야지 하고 한참을 걸어가는 그 모습까지는 아니더라도 하여튼 지금 작은 여자아이는 학교를 향해 걷고 있습니다.

이렇게 걷고 있는데 아이에게 아주 기적과 같은 일이 벌어졌습니다. 다음 이야기를 봅시다.

어느 날 아침 작은 여자아이는 여느 때처럼 종종걸음으로 학교에 가고 있었어요. 그런데 모퉁이를 돌아서자, 웬 사자가 길을 딱 막고 서 있지 않겠어요? 사자는 작은 여자아이를 기다리고 있었던 거예요. 사자는 노란 눈으로 작은 여자아이를 빤히 바라보았어요. 그리고는 '크르릉!' 하고 울부짖었는데, 꼬챙이 같고 칼 같은 날카로운

이빨이 확 드러나지 뭐예요? (같은 책, 45~46쪽)

학교 가는 길에 모퉁이를 돌아서자 사자가 나타났습니다. 현실 세계에서 사자가 저렇게 사람들이 몰려다니는 학교 길에 나타날 리가 없습니다. 그러면 도대체 저 사자는 어디에서 나온 목숨입니까?

어디에 살고 있는 존재입니까? 여기에서 우리는 갑자기 시공간의 변화가 일어났다는 걸 알아야 합니다. 이건 논리적으로 따져서 이해하기보다 마음으로 느껴야 합니다.

작은 여자아이는 지금 겉모습만 보면 학교를 향해 터덜터덜 걸어가고 있습니다. 보통 마음 밖 우주인 외부 현실의 논리에만 갇혀 사는 사람들에게는 이렇게 몸이 움직이는 겉모습만을 봅니다.

이 작은 여자아이의 외적 인격은 외부 현실 세계에서 지금 학교를 향해 걸어가고 있습니다. 그런데 또 하나의 인격이 살아가는 세상이 있는 겁니다. 작은 여자아이의 내적 인격은 지금 자신의 마음속 세계에서 마치 아까 눈 찔린 동생에게 승냥이가 나타난 것처럼 사자를 만난 것입니다. 사자가 나타났다고 해도 좋고 작은 여자아이가 자신의 마음속 우주에서 사자를 발견하였다고 해도 좋습니다.

지금 작은 여자아이는 마음 밖 우주(외부 현실)와 마음속 우주(내면 현실)라는 양쪽의 우주를 같이 살고 있는 것이지요. 두 우주가 서로 통하는 일차원성의 시공간을 넘나들며 살고 있습니다.

아까 눈 찔린 동생이 이젠 죽어야지 하고 뒷동산으로 걸어갔습니다. 마음속 우주로 넘어 들어가 승냥이를 만난 것처럼 작은 여자아이는 학교를 향해 어슬렁어슬렁 걸어가면서 자신의 마음속 우주로 들어가 사자 정령을 만난 것입니다.

그냥 무심코 읽으면 과학적이고 논리적인 어른들의 이성적인 사고에서는 도대체 시공간이 뒤죽박죽으로 되어 있기 때문에, '에이, 이 작가가 말장난하나, 무슨 학교 가는 길에 사자가 나와' 하면서 이 작품을 우습게 보고 던져버릴 수가 있습니다. 그러나 가만히 보면 공연히 이유 없이 작은 여자아이가 학교 가는 데 사자가 나타난 것이 아닙니다. 거기에는 분명히 어떤 이유가 있을 겁니다. 그 이유는 나중에 가면 밝혀집니다.

자, 그럼 다시 「학교에 간 사자」로 돌아가 봅시다.

> 사자가 길가에 쪼그리고 앉자, 작은 여자아이는 사자의 등에 끙끙 기어올랐어요. 그리고는 사자의 갈기를 꼭 붙들었죠. 사자는 작은 여자아이를 태우고 학교로 쌩쌩 달리기 시작했어요.
> 사자는 부지런히 달렸어요. 그런데도 그만 지각을 했답니다. 작은 여자아이와 사자는 선생님이 출석을 부를 때에야 교실에 들어갔어요. (같은 책, 48~49쪽)

윗글에는 지금 두 개의 시공간이 하나의 이야기 공간 안에 자연스럽게 공존하며 장면이 전개되고 있습니다.

작은 여자아이는 외부 현실(마음 밖 우주)에서는 어슬렁어슬렁거리며 걸어 결국 학교에 지각을 하였습니다. 그런데 마음의 눈으로 보았을 때 보이는 사자란 정령을 타고 학교에 간 것이지요.

그러니까 작은 여자아이는 혼자 걸어간 게 아닙니다. 마음속 우주에서는 사자를 타고 간 것이지요.

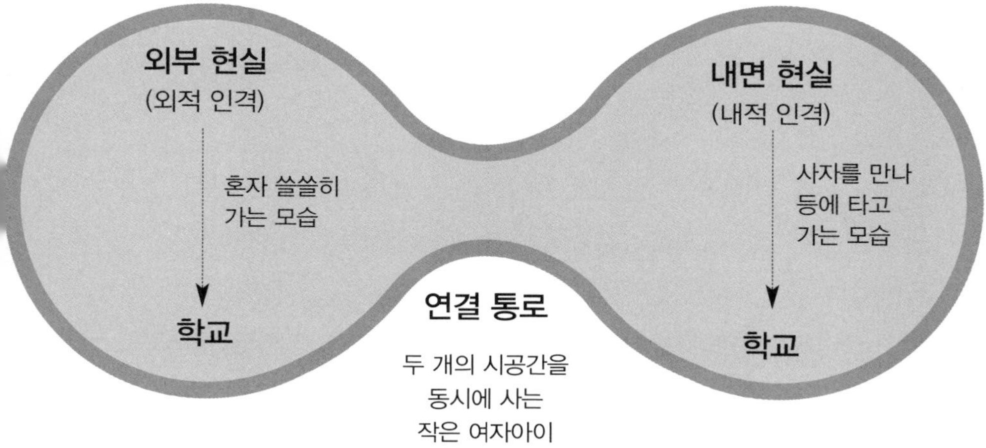

학교 현장에 있는 선생님들은 지각하는 아이를 위 동화와 같은 관점에서도 볼 필요가 있겠습니다. 아이가 늦게 교실에 들어오거

든 그 아이 혼자만 온 게 아니란 생각을 해보기 바랍니다. 아이는 자기 옆에 분명 마음속 정령을 데리고 왔을 겁니다.

"너 왜 맨날 늦어 이놈아, 거기 엎드려 뻗쳐"하고 오리걸음을 시키고 벌을 주기보다는 늦게 온 아이하고 유머러스한 대화를 할 수 있는 것이지요.

"야, 개똥아, 너 왜 오늘 늦었냐. 오늘 또 어떤 정령하고 놀면서 온 거냐" 하고 유머러스한 질문을 던질 수 있을 겁니다. 그러면 아이는 자신의 마음속 우주에 살고 있는 정령의 이야기를 할 겁니다. 그 정령은 당연히 그 아이의 현실 문제를 함께 고민하고 드러내는 거울이 되는 정령일 겁니다.

다시 또 동화를 읽어보지요.

선생님은 출석을 부르다 말고, 작은 여자아이와 사자를 바라보았어요. 그리고는 다시 사자를 뚫어지게 바라보았죠. 다른 아이들도 선생님이 뭐라고 하실까 궁금해하면서 사자를 말똥말똥 바라보았고요.

이내 선생님이 작은 여자아이에게 말했어요.

"학교에 애완 동물 데려오지 말랬잖아."

사자가 꼬리를 '탁! 탁!' 휘둘렀어요.

작은 여자아이가 말했어요.

"얘는 애완 동물이 아니에요. 나랑 같이 학교에 다니는 친구예요."

선생님은 여전히 사자를 빤히 바라보며 작은 여자아이에게 물었어요.

"그럼, 걔는 이름이 뭐냐?"

작은 여자아이가 말했어요.

" '자사' 예요. 얘 이름은 자사, 그냥 자사예요."

작은 여자아이는 자기 친구가 사자라고 해 보았자, 선생님이 믿지 않을 것 같았어요. 그래서 이름을 거꾸로 말한 거예요. 사자를 '자사' 라고 말이에요.

선생님이 출석부에 이름을 적었어요. '자사' . 그리고는 출석을 마저 불렀어요.

"배티 스몰."

작은 여자아이가 "네" 하고 대답했어요.

"자사."

사자도 "네에" 하고 대답했어요. 꼬챙이보다 칼보다 날카로운 이빨을 선생님한테 들키지 않으려고 입을 쪼끔 벌리고, 우물우물하고요!

그날 오전 내내 사자는 작은 여자아이 옆자리에서 아주 얌전하게 앉아 있었어요. 꼬리를 앞발에 착 감고, 덩치 큰 고양이처럼 다소곳하게 말예요. 사자는 선생님이 말을 시키지 않으면 입도 뻥끗하지 않았어요. 으르렁거리지도, '카르릉!' 하고 울지도 않았고요. (같은 책, 50~53쪽)

이 동화는 계속 마음 밖 우주와 마음속 우주를 자유롭게 넘나들며 보여주고 있습니다.

실제 이 작은 여자아이는 지각을 한 거지요. 선생님이 아이가 데려온 정령을 알아보고 이름을 불러주고 하는 것도 다 아이 마음속 우주에서 일어나는 이야기인 거지요.

이걸 서양 사람들은 '마법에 걸렸다'(enchanted)라고 합니다. 그러니까 아이가 마법에 걸렸다는 건 정신이 이상해졌다거나 최면에 걸렸다거나 하는 게 아닙니다. 마음속 우주로 들어가 '정령'들과 영혼의 형제가 되어 살게 되었다는 말입니다. 이 동화 속 선생님도 아이의 마음속 우주에 들어가기 위해 마법에 걸린 정령이 된 것이지요. 마법에 걸려 아이의 마음속에 정령으로 들어가게 된 것입니다.

「학교에 간 사자」 논장

여기 동화책 속의 그림에도 보이듯이 아이와 사자가 같이 앉아 있습니다. 그림 속 사자는 아이의 마음속 우주에 살고 있는 사자 정령을 이미지로 이렇게 표현한 겁니다. 그러니까 실제 저 사자는 마음의 눈, 심리 에너지로 느껴야 하는 것이지요. 그렇다고 여러분들은 저 사자의 존재가 '허구' 라고 부정해서는 안 됩니다. 정령은 절대 허구가 아닙니다. 엄연히 여러분들의 마음속 우주에 살고 있는, 여러분들의 심리에 엄청난 영향을 미치는 에너지를 가진 존재인 것이지요.

요즘 동화 공부하는 사람들 가운데 「학교에 간 사자」와 같은 유형의 글을 공상동화란 이름으로 부르는 경우가 있습니다.

이건 바람직한 장르 이름이라 할 수 없습니다. 지금 저 사자가 나오고 하는 이야기 공간은 단순한 공상이 아닙니다. 물론 공상에도 한 사람의 내면 무의식이 개입되어 있습니다. 공상 그 자체를 무조건 부정하는 게 아닙니다. 공상의 개념보다는 좀더 인간의 내면을 폭 넓게 반영하는 장르 용어를 찾아보는 게 좋겠습니다.

「학교에 간 사자」 이야기는 학교 가기 싫어하는 작은 여자아이가 꾼 꿈의 일부라고 해도 좋습니다. 그렇다면 저 사자는 아이가 공상을 통해서 만들어낸 존재만이 아닌 거지요. 무언가 학교 생활에서 문제가 있는 아이가 자기 마음속 우주에서 만난 정령인 것이지요.

고민을 가진 아이의 마음속 우주에서 태어난 정령인 거지요. 꿈

이 저절로 꾸어지듯이 사자란 정령이 아이 마음속에서 태어나 아이에게 강력한 심리 에너지를 불러일으킨 것입니다. 아이의 내적 인격이 만난 조력자라고도 할 수 있습니다. 아이가 무의식의 세계에서 맞닥뜨리게 된 정령이라 할 수 있는 거지요.

서양 사람들은 이런 동화에 'literary fairy tales' 란 이름을 붙입니다. 직역하면 '새로 글의 옷을 입힌 요정 이야기(옛이야기)' 라 할 수 있습니다. 공상동화란 말보다는 훨씬 낫습니다. 옛이야기는 옛날 사람들이 공상한 이야기들이 아닙니다. 마음속 우주와 마음 밖 우주를 넘나들며 자신들의 꿈속 세계, 마음속 우주에서 경험한 정령들과 나눈 이야기입니다. 그래서 옛이야기에는 실제 삶과 관련된 아주 깊은 상징의 의미가 반영되어 있는 것이지요.

이어지는 다음 이야기에서는 왜 여자아이가 학교에 가기 싫어했는지 그 이유가 밝혀집니다. 이 부분이 중요합니다.

> 쉬는 시간에 작은 여자아이와 사자는 운동장으로 나갔어요. 모든 아이들이 놀다 말고, 사자를 빤히 바라보았어요. 그리고는 다시 왁자지껄 놀기 시작했죠. 작은 여자아이는 사자랑 같이 운동장 한 귀퉁이에 서 있었어요.
> "우리도 다른 애들처럼 놀까?"
> 사자가 묻자 작은 여자아이가 말했어요.

『학교에 간 사자』 논장

"싫어, 남자애들 중에 덩치가 너무 크고 우락부락한 애들이 있는 걸. 걔네들은 자기도 모르게 다른 애들을 막 쓰러뜨려."

사자는 으르렁거렸어요.

"난 못 쓰러뜨릴걸."

"아주아주 덩치가 큰 애가 한 명 있어. 이름이 잭 톨인데, 그 애는 일부러 날 밀어서 넘어뜨려."

사자가 말했어요.

"누군데? 가르쳐 줘." (같은 책, 53~55쪽)

역시 마찬가지입니다. 실제 작은 여자아이는 아마 마음 밖 우주의 눈으로 볼 때는 어디 운동장 구석에 혼자 서 있는 모습으로만 보일 겁니다. 그런데 작가는 이 아이가 혼자 서 있는 게 아니고 마음속 우주에서는 사자 정령과 함께 서 있는 모습이 보이는 것입니다. 마음의 눈으로 본 모습을 그대로 그린 것입니다. 그래서 작가는 '탐험가' 라고 말을 하기도 합니다. 어디를 탐험하는 겁니까. 마음 밖의 세계만 탐험하는 게 아니고 아이들 마음속 우주도 탐험하는 것이지요.

아이의 마음속 우주에서는 사자가 나와서 자기를 괴롭히던 '잭 톨' 이란 아이를 물리쳤습니다. 이런 일이 있고 나서 사자 정령이 하는 행동이 아주 재미있습니다. 아래 부분을 봅시다.

> "배고프다. 그 녀석을 한입에 꿀꺽 삼켜 버릴 수도 있었는데. 너하고 약속만 안 했어도."
> 그러자 작은 여자아이가 말했어요.
> "그럼 걔네 엄마가 좋아하지 않으실 걸. 이제 오후 수업 받아야 돼."
> 사자가 말했어요.
> "오후 수업은 안 받을래."
> "그럼, 월요일에 보자."
> 하고 작은 여자아이가 말했어요.
> 하지만 사자는 아무 대꾸도 하지 않았답니다. 그냥 성큼성큼 사라져 버렸어요.
> 월요일이 되었지만, 사자는 학교에 오지 않았어요. (같은 책, 59~60쪽)

사자는 사라졌습니다. 어디로 사라졌습니까? 그렇습니다. 아이의 마음속 우주 그 어딘가로 숨어 들어가 살고 있는 겁니다. 언젠가 아이가 또 이러저러한 고통을 겪을 때 아이는 간절한 마음으로 자신의 마음속 우주에서 저 사자 정령을 불러낼 것입니다.

아이가 부르면 그때 아이가 자기 삶을 스스로 포기하지 않는 한 저 정령은 다시 팔팔하게 살아 아이의 마음속 우주 한가운데로 뛰어올 것입니다.

이 이야기의 마지막 부분입니다.

쉬는 시간에 운동장에서 가장 덩치 큰 사내아이가 조그만 여자아이에게 저벅저벅 다가왔어요.

사내아이가 물었어요.

"네 친구는 어디 있어? 그 목소리 큰 애 말야."

작은 여자아이가 말했어요.

"오늘은 안 왔어."

그러자 사내아이가 다시 물었어요.

"그럼 다른 날에는 올까?"

작은 여자아이는 말했죠.

"그럴 거야. 틀림없이 올 걸. 그러니까 너, 조심해, 잭 톨." (같은 책, 60쪽)

역시 쉬는 시간에 작은 여자아이는 학교 운동장에 혼자 서 있는 것이지요. 마음 밖 우주의 눈으로만 볼 때는 이렇게 고립된 모습으로 보일 겁니다. 그러나 아이의 마음속 우주에서는 이렇게 사자 정령을 거느리고 잭 톨이란 아이에게 큰소리치는 내면의 힘을 가진 영웅으로 성장하고 있는 것이지요.

이게 중요합니다.

그런데 여기에서 우리는 아주 중요한 문제 하나를 더 토론해 봐야 합니다.

이 작품을 읽은 많은 사람들이 이런 질문을 합니다.

"아니, 실제 마음 밖 현실(외부 현실)에서 해결된 문제는 하나도 없지 않아요. 단지 자폐적인 아이의 내면 공간에서 저러한 자기도취적인 몽상만 하고 있는 게 아니에요. 오히려 저런 자폐적인 마음속 우주에만 빠져 있다면 그것도 문제가 아닐까요. 판타지 동화의 한계가 있는 게 아닐까요?"

아주 중요한 질문입니다. 그렇습니다. 이런 말에도 일리가 있습니다. 부정할 수가 없지요.

그렇기 때문에 당연히 아이들은 사실 동화, 소년 소설도 읽어야 합니다. 그렇다고 판타지 동화의 가치가 훼손되는 건 아닙니다. 판타지 동화는 판타지 동화대로 존재 이유가 있습니다. 어떤 이유가 있을까요? 이 이야기를 좀 해보지요.

그럼 여기서 잠깐 「눈 찔린 동생」 이야기로 돌아가 보겠습니다.

옛이야기를 아이들에게 읽어주다 보면 좀 영악한 아이들은 이렇게 물을 때가 있습니다.

"금독 은독이 정말 있어요? 바위 들추면 나와요?"

그럼 이야기를 들려주는 선생님들은 뭐라 대답을 해야 할까요? "에이, 그런 게 어딨어. 이야기니까 그렇지." 이렇게 대답을 해야 할까요? 그렇게 대답을 한다면 지금 선생님은 아이들에게 거짓말을 하고 있는 거지요. 이야기는 절대 거짓말의 세계가 아니지요. 이야기는 진실한 세계이지요.

만약에 옛이야기를 들려주는 선생님이 승냥이가 나오고, 금독 은독이 나오고 하는 이 세계가 허황된 거짓의 세계라 믿고 있다면, 그런데도 아이들이니까 다 속아주겠지 하는 마음으로 들려주고 있다면 그 선생님의 감정은 딱딱하게 굳어 결코 즐거운 이야기꾼의 표정을 지을 수가 없을 겁니다. 억지로 꾸며 해야 하니 옛이야기 들려주기가 재미가 없겠지요.

이런 선생님과 달리 승냥이도 당연히 있는 것이고 금독 은독도 당연히 나오는 것이며 이 모든 것이 우리 삶에서 일어날 수 있는 진실이라고 믿고 있다면 그 선생님의 목소리나 표정은 생생하게 살아 아이들을 즐겁게 이야기 속으로 빠져들게 하겠지요.

만약에 어떤 아이가 "선생님 정말 금독 은독이 있어요? 밖에 가서 파보면 나와요?" 하면 선생님은 당당하게 "그럼 있지, 파보고 싶으면 한번 파보자" 하고 말을 해도 좋을 것입니다. 삽을 들고 나가서 뒷동산을 파보아도 좋습니다. 물론 우리가 눈에 보이는 곳 어디를 파보아도 아마 옛이야기에 등장하는 그런 금독 은독은 나오지 않겠지요.

그럼 그다음엔 어떻게 해야 할까요? "자, 그럼 우리가 한 번 더 파보아야 할 데가 있다"고 말을 해야지요. 거기는 바로 우리의 마음속입니다. 그럼 이번에는 "선생님의 마음속을 한번 파보아라" 그러면 아이들이 "에이, 어떻게 선생님의 마음을 파보아요" 하겠지요. 그때 선생님은 아이들에게 "얼마든지 파볼 수 있다, 너희들 마음의 삽으로 선생님의 마음을 파보아라" 하고 답을 줄 수 있습니다.

그렇습니다. 우리가 이야기 세계가 진실이라고 믿는다면 우리 마음속에는 승냥이도 살고 금독 은독이 나오는 바위도 있는 겁니다. 그 바위를 들추면 거기에는 틀림없이 금독 은독이 있는 거예요. 옛이야기에는 금독 은독과 같은 기적의 선물들이 많이 나옵니다. 우리들은 보통 이런 기적의 선물들을 곧이곧대로 진짜 번쩍이는 물질인 금, 은으로 착각을 하면 곤란합니다. 옛이야기에 나오는 금과 은은 일종의 영혼의 물질인 거지요. 아주 고귀한 영혼의 선물을 상징하기 위해 금과 은이라는 하나의 물질을 빌려온 것입니다. 옛날 사람들은 이런 고귀한 영혼의 물질을 상징하는 대체물로 금만한 것이 없기 때문에 그런 표현을 쓴 거지요.

앞에서 매점 아주머니의 이야기를 하였는데요. 『몽실 언니』나 『바보 온달』이 감옥에 가게 된 남편으로 인해 고난에 처한 사람에게 어떤 실제 해결 방법을 제시해 주는 건 아니지요. 그래도 아주머니는 『몽실 언니』도, 『바보 온달』도 읽었습니다. 아무리 힘이 들어도 눈물이 나더라도 읽어냈습니다. 마음속 우주에서 빛이 되는 정령의 기운이 꺼지면 마음 밖 우주에서도 살아갈 수가 없기 때문인 거지요.

학교 가기 싫어하는 여자아이는 「학교에 간 사자」를 읽고 어떤 영적인 가치를 얻었습니까? 자기 존중감이라는 영적인 가치를 얻었을 겁니다. 내면의 마음속 우주에서 자기 구원의 상상력, 자기 내면의 평온한 우주를 이끌어가는 충만한 심리 에너지를 가진 아이들은 일단 '자기 존중감' 을 가진 아이라 할 수 있을 겁니다. 외부에서 상처를 받더라도 마음속 우주에서 사자와 같은 정령을 만나 스스로 자기를 치유하는 상상력을 가진 아이라 할 수 있겠지요. 저러한 마음속 우주가 충만한 심리 에너지로 가득 찬 아이가 마음 밖 우주로 나갈 때 아이는 건강하게 자기 삶에 직면하면서 살아갈 것입니다.

남편이 감옥에 가게 된 매점 아주머니도 『몽실 언니』나 『바보 온달』을 읽고 어떤 금독 은독에 버금가는 영적 가치를 얻었겠지요.

분명히 마음의 평온이 되고 위안이 되는 힘을 얻었을 겁니다. 이게 바로 문학 예술의 힘입니다.

8
옛이야기 속의 전령관

우리는 지금까지 일곱 살 여자아이의 뱀 꿈과 「눈 찔린 동생」 이야기, 「학교에 간 사자」, 이렇게 세 편의 이야기를 깊이있게 살펴보았습니다. 일곱 살 여자아이 꿈에는 뱀이 나오고, 「눈 찔린 동생」의 이야기에는 승냥이가, 「학교에 간 사자」 이야기에서는 사자가 나왔습니다.

보통 옛이야기를 연구하는 사람들은 승냥이나 사자와 같은 정령을 조력자(구원자)라 부릅니다. 그러니까 옛이야기에는 저렇게 주인공에게 빛이 되는 정령인 조력자가 존재하는 것이지요. 그런데 일곱 살 난 여자아이의 꿈에 등장하는 뱀은 아이에게 꼭 빛이 되는 정령이라고만 할 수는 없습니다. 오히려 어떤 징그러운 모습을 한 괴물에 더 가까운 존재처럼 보이지요.

조셉 캠벨이 쓴 『신화의 힘』이란 책에 보면 영웅에 관한 토론을 벌이는 내용이 나옵니다. 이 이야기의 결론에서 우리 사람은 모두가 영웅이라는 거예요. 영웅은 자기가 살던 고향을 벗어나 모험을 떠납니다. 인간에게 삶은 하나의 모험입니다. 그래서 우리 모두는 영웅입니다.

앞에서 말한 매점 아주머니도 모험 여행 중에 있는 한 명의 영웅이지요. 옛이야기를 공부하다 보면 사람이 다 그렇게 보입니다. 매점 운영은 다른 사람에게 넘어가고, 지금 아주머니는 어디서 무얼 하는지 나는 모릅니다. 그러나 분명한 사실은 아주머니는 자신의 삶에 직면해서 모험 여행을 회피하지 않고 열심히 살아가고 있을 겁니다. 나는 그렇게 믿고 있어요.

조셉 캠벨은 이런 말을 합니다.

> 모험이란 기지의 세계에서 미지의 세계로 가는 것을 말한다. 이것은 어느 나라에서든, 어느 시대든 마찬가지다. 이 기지의 세계와 미지의 세계를 가르는 경계선의 수호자는 극히 위험한 존재다. 그들과 만난다는 것은 그만큼의 위험 부담을 안아야 가능하다. 그러나 능력과 용기를 갖춘 사람 앞에서는 위험은 그 꼬리를 감추고 만다. (『천의 얼굴을 가진 영웅』, 112쪽)

모험을 하다 보면 당연히 별의별 어려운 일을 경험하게 되어 있지요. 그때마다 우리에게 찾아오는 낯선 괴물들을 만나는 거지요. '관문수호자' 들이지요. 성장의 문턱인 관문을 지키는 괴물들이 있는 겁니다.

보통 사람들이 "아, 그건 실수였어, 그건 우연이었어" 하는 말을 하지 않습니까? 그러나 옛이야기나 신화를 공부하는 사람들은 실수나 우연을 아주 중요하게 여깁니다. 세상에 실수나 우연은 존재하지 않습니다. 거기에는 분명히 어떤 뜻이 있습니다. 이 우주의 영적 안내자가 우리에게 보내주는 선물이라고 해도 좋습니다. 실수나 우연의 계기를 통해서 사람들은 자신이 전혀 생각하지 못한 상황에 처하게 되거나, 아니면 전혀 다른 시각에서 세상을 보게 하는 어떤 변화의 순간, 전환의 순간에 직면하게 되는 것이지요.

그러니까 실수나 우연은 우리 마음 밖 우주와 마음속 우주를 지배하는 '없이 계시는 하느님' 이 우리에게 부과하는 모험 여행을 떠나게 하는 작은 계기라 보면 좋겠습니다.

그래서 신화나 민담을 연구하는 사람들은 이런 말을 합니다.

> 부지 중에 저지른 실수는 극히 드문 것이긴 하지만 뜻밖의 세계를 드러내고, 당사자는 이해하기 어려운 세력과의 관계 속으로 끌려들어간다. 그것은 욕망과 갈등이 억압된 결과 나타난 것이다. 그것은 부지중에 표출된 삶의 표면에 잡힌 주름이다. 그리고 이 주름의 골

은 매우 깊다. 영혼 그 자체만큼이나 깊다. 실수는 운명의 시작에 해당되는 수도 있다. (같은 책, 71쪽)

보통 옛이야기나 꿈에서는 주인공으로 하여금 이렇게 모험의 세계로 들어가게끔 하는 전령관들이 우연히 찾아옵니다. 이러한 전령관이 등장하는 예로 조셉 켐벨은 『천의 얼굴을 가진 영웅』에서 「개구리 왕자」 이야기를 예로 드는데, 여러분들도 다 아는 내용이겠지만 시작 부분만 옮겨보겠습니다.

옛날 옛적 직심스럽게 빌면 더러 이루어지는 것도 있던 시절에 예쁜 딸을 여럿 둔 왕이 살았는데, 왕의 딸 중에서도 막내딸은 하도 예뻐서 세상 구경이라면 할 만큼 한 태양도 이 막내딸의 얼굴을 비출 때면 오히려 제 얼굴을 붉혔을 정도였다. 이 왕이 사는 성 곁에는 아주 깊은 숲이 있었고, 이 숲속 늙은 보리수 아래엔 샘이 하나 있어서 날씨가 더울 때면 왕의 막내딸은 숲속으로 들어가 이 시원한 샘가에서 놀고는 했다. 막내딸은 시간을 보낼 겸 황금 공을 하나 가지고 가서 던지고 받고 했는데, 이게 이 막내딸이 참 좋아한 놀이였다.
그러던 어느날 이 황금 공은 하늘을 향해 벌린 이 막내 공주의 손바닥에 떨어지지 않고 손을 벗어나 한 차례 땅에서 튀어오르고선 바로 샘으로 굴러갔다. 막내 공주는 눈으로 좇았지만 공은 물 속으로 자취를 감추었다. 샘은 깊었다. 하도 깊어서 그 바닥이 보이지 않았다. 막내 공주는 그만 울음을 터뜨렸다. 울음소리는 점점 커졌지만 누구 하나 달래려는 사람이 없었다. 이렇게 울고 있던 막내 공주는 자기를 부르는 목소리를 들었다.

"왜 그러셔요, 공주님? 무슨 사연이 있어서 그리 슬피 우십니까? 돌멩이라도 공주님을 가엾게 여기겠습니다."

막내 공주는 목소리의 주인을 찾느라고 주위를 둘러보다 지지리도 못생긴 큼지막한 대가리를 물 밖으로 내밀고 있는 개구리 한 마리를 발견했다. 공주는 개구리에게 이렇게 말했다.

"아, 첨벙이 너였구나. 다름이 아니라 내 황금 공이 그만 샘 안으로 들어가 버려서 이렇게 울고 있단다."

"고정하시고 그만 우세요. 도와드릴 수 있을 것 같아요. 하지만 공주님, 장난감을 찾아다 드리면 공주님은 저에게 무엇을 주시겠어요?"

개구리가 묻자 공주가 대답했다.

"개구리야, 네가 달라는 것이면 무엇이든지 주마. 내 옷, 내 진주와 보석, 내가 쓰고 있는 이 금관도 좋다."

개구리가 이 말을 듣고는 이렇게 대꾸했다.

"공주님 옷, 공주님 진주와 보석, 공주님 금관은 나는 싫어요. 공주님, 저를 보살펴주시고 저를 친구나 짝궁으로 삼아주시고 공주님의 예쁜 식탁 옆에 앉게 해주시고 공주님의 황금 접시로 먹고 공주님의 예쁜 그릇으로 마시게 해주시고 공주님의 예쁜 침대에 함께 자게 해주시면…… 이것만 약속하시면 내려가서 공주님의 황금 공을 가져다 드리지요.”

“오냐, 그래. 내 공만 찾아준다면 네가 원하는 건 뭐든지 약속하마.”

그러나 공주는 이런 생각을 했다.

‘이 건방진 개구리가 뭐라고 떠들어대는 거야. 물가에서 다른 개구리들과 놀기나 하지. 뭐, 인간의 친구가 되겠다니, 말이나 될 법한 일이야?’

개구리는 약속을 받아내자 머리부터 첨벙 물 속으로 들어갔다가 잠시 후에 나왔는데, 어느새 공을 물고 나와 풀밭에 던졌다. 공주는 그 공을 집어들고 종종걸음으로 내달았다. 뒤에서 개구리가 소리쳤다.

“잠깐만요, 공주님. 저도 데리고 가셔야죠. 저는 그렇게 빨리는 못 뛰어요.”

하지만 공주 뒤에다 대고 고함을 질러본들 무슨 소용이 있으랴! 공주는 들은 척도 않고 자기 집으로 돌아가서는 그때쯤 다시 샘 속으로 돌아갔을 불쌍한 개구리를 까맣게 잊고 말았더라.(『천의 얼굴을 가진 영웅』, 69~71쪽)

이 뒷이야기는 여러분들도 잘 아시겠지만 간단히 정리해 보지요. 약속대로 개구리는 이튿날 공주를 찾아왔습니다. 그런데 공주는 문을 쾅 닫고 만나주지 않았어요. 개구리가 여전히 만나길 원하자 왕이 이 사실을 알고는 "네가 약속을 했다면 지켜야 한다. 가서 들어오게 하렴" 하고 말합니다.

약속대로 개구리는 식탁에 올라 앉아 공주의 황금 접시에 담긴 음식을 맛있게 먹었어요. 다음 개구리는 약속대로 침대로 데려가 같이 자게 해달랍니다. 울상인 공주를 보고 왕은 또 "네가 어려움에 처했을 때 너를 도와준 상대를 무시하는 건 옳지 않은 일이다"라고 말합니다. 하는 수 없이 개구리를 침대로 데려온 공주는 화가 머리끝까지 났습니다. 그래서 침대에서 자겠다고 고집하는 개구리를 냅다 벽에다 집어던졌어요. 개구리는 방바닥에 떨어졌을 때 아름다운 눈을 지닌 왕자가 되었습니다. 이래서 공주는 왕자와 결혼을 하게 되었는데요. 마법에 걸려 개구리로 변한 왕자는 공주에 의해 마법이 풀린 것이지요.

이 「개구리 왕자」 이야기를 두고 조셉 캠벨은 또 이런 말을 합니다. 아주 멋진 말입니다. 새겨두면 참 좋을 말입니다.

> 기적같이 등장하는 개구리의 존재는 '전령관' 이라는 이름으로 부를 수 있다. 개구리가 등장하는 운명의 갈림길이 곧 '모험에의 소명' 인 것이다. 전령관의 부름은 여기 이 예화에서 보이듯이 구원에 이르는 길일 수 있으나, 당사자 일대기의 후반에 이르러서는 죽음

일 수도 있다. 전령관은 귀한 역사적 소명의 수행을 촉구하고 있는지도 모른다. 비의(秘儀)에서 알 수 있듯이 전령관의 등장은 '자아의 각성' 이라고 불리는 단계를 암시하고 있다. 동화에 나오는 공주의 경우 전령관의 등장은 사춘기의 도래를 뜻하고 있음에 다름 아니다. 그러나 크든 작든 삶의 단계나 정도가 어디에 이르러 있든 이러한 소명은 언제나 변용의 신비, 완성되면 곧 죽음과 탄생에 이르는 정신적 통과의례 혹은 순간을 개막한다. 지금까지의 삶의 지평은 이미 너무 웃자라 낡은 개념과 정서 패턴은 몸에 맞지 않는다. 바야흐로 또 하나의 문턱을 넘어야 할 때가 도래한 것이다. (같은 책, 72쪽)

그렇습니다. 옛이야기나 꿈은 우리에게 이러한 삶의 철학을 적나라하게 보여주는 것이지요.

일곱 살 난 아이가 꾼 꿈에서 뱀이 나타나 동생의 몸을 친친 감았습니다. 저 뱀은 일곱 살 아이의 삶에 찾아온 일종의 전령관입니다. 이제는 네가 스스로 네 삶의 모험을 떠나야 한다는 사실을 알려주러 아이의 마음속 우주에 찾아온 전령관이라 할 수 있습니다. 그렇기 때문에 아이가 저런 꿈을 꾸었다고 하면 선생님들이나 부모들은 잘 생각해 봐야 합니다. 아이의 심리 에너지가 어느 방향으로, 어디쯤 흐르고 있는지 잘 살펴볼 필요가 있는 것이지요.

앞에서 일곱 살 여자아이의 뱀 꿈을 놓고 아버지가 부재한 자리에서 살펴보았습니다. 이렇게 볼 수도 있지만, 또 다른 시각에서도 볼 수 있겠지요.

요즘 아이들은 성적으로 아주 조숙합니다. 일곱 살만 되어도 아이 내면에 남성성을 상징하는 뱀이 찾아올 수 있는 거지요. 아이는 그 뱀을 엄마와 함께 싸워 물리치는 자리에 있습니다. 성장 과정을 거치면서 뱀은 다양한 형태로, 다양한 모습으로 변신을 하며 아이에게 찾아올 겁니다. 뱀이 싸움의 대상에서 나중에는 수용의 대상으로 변할지도 모릅니다.

일곱 살 난 아이에게 뱀은 아이 인생에 주어진 소명의 길을 떠나게 하는, 일종의 모험 훈련을 시키는 전령관이라 볼 수도 있지요. 아이는 엄마와 함께 열심히 전령관과 싸움을 합니다. 아이는 꿈속에서 저 '뱀' 이란 전령관이 전혀 무섭지 않다고 하였습니다. 긍정적인 어머니 콤플렉스를 갖고 있다고 볼 수 있지요. 그래서 아이는 엄마가 있으니까 뱀이 전혀 무섭지 않았습니다.

그러나 아이들은 분리 불안도 있지만 독립 의지도 있습니다. 저 아이가 저렇게 엄마하고만 같이 엄마의 보호만 받으면서 모험 여행을 계속할 수는 없는 것이지요. 엄마에게서 아이는 벗어나야만 합니다. 그래야만 아이는 독립적으로 성장할 수 있는 것이지요. 그러니 어찌보면 이 꿈은 아이에게는 또 다른 숙제를 안겨주는 꿈이라고도 할 수 있겠지요.

아이가 꾼 꿈 이야기를 듣고 아버지는 꿈속에 자신이 부재하다는 사실을 알고 충격을 받았습니다. 그러나 엄마 쪽에서도 자신과 아이 사이의 관계를 다시 한 번 생각해 볼 문제는 있는 것이지요. 아이는 이제 엄마 품을 떠나 혼자서 마음속 우주로 찾아오는 뱀을 마주할 수 있어야 합니다. 그러면서도 뱀이 무섭지 않은 그런 심리 에너지를 가질 수 있어야 하겠지요. 이런 점에서 엄마는 자기가 계속 보호하며 가슴에 끼고만 있던 자리에서 이제는 아이를 떠나보내는 훈련을 해야 할 시점이 다가온 것이라고 볼 수도 있습니다.

아이는 앞으로도 많은 꿈을 꿀 테고, 그럴 때마다 자신의 마음속 우주에서 수없이 불현듯 찾아오는 다양한 형태의 정령들을 만날 것입니다. 아이는 이러한 마음속 우주에 찾아 오는 전령과 기대고 맞서고 하는 경험을 통해 장차 성장해 나가겠지요.

여기서 우리가 왜 옛이야기를 읽혀야 하는가 다시 또 묻게 됩니다. 우리는 앞으로도 계속 이런 물음을 반복해서 할 것입니다. 너무 중요한 문제이기 때문이지요.

사람은 자신의 마음속 우주에서 살아가는 정령들을 만나야 합니다. 내면의 우주와 소통하는 길이 막히면 이런 정령들을 만날 수가 없습니다. 그러면 그 사람은 껍데기 몸은 살아 있지만 영혼은 죽어 있는 존재나 마찬가지라 할 수 있겠지요. 목석과 다를 바가 없습니다. 마음속 우주로 내려가서 정령을 만나는 공부가 바로 옛이야기 공부입니다. 옛날 사람들은 늘 마음속 우주에서 살아가는 정령들을 만나고 그들과 만난 이야기를 즐겨 나누었습니다. 그러면서 자연의 목숨들과 자연스럽게 영혼의 형제가 되어 살아간 것이지요.

우리 마음속 우주에서 살아가는 정령들을 만나는 길은 여러 가지가 있을 겁니다. 그 가운데 누구나 쉽게 들어갈 수 있는 길이 바로 꿈입니다. 물론 꿈 말고도 우리 마음속 우주의 소리를 듣는 방법은 여러 가지가 있습니다. 명상도 있고, 기도도 있고, 문학 예술이나 종교 행위 또는 타로나 주역과 같은 점성술의 도움을 받는 방법도 있습니다. 이 모든 방법을 다 즐기면서 살아갈 수 있으면 가장 좋겠지요.

나이가 많든 적든 간에 인간의 삶은 매 순간 변용의 신비가 작동하는 통과의례 지점을 지나게 되어 있습니다. 매 순간 순간 깨어 있어야 하는 것이지요. 명상이나 기도나 옛이야기를 들려주고 듣고 하는 문학 예술 행위 모두가 결과적으로는 내 마음속 우주의 심리 에너지가 잘 흐를 수 있게 돕는 일종의 마음 공부 놀이입니다. 이 정신 놀이가 되지 않으면 그 사람은 건강하게 살아 있는 존재라 할 수 없는 것이지요. 이제는 굶어죽는 사람은 없습니다. 절대 빈곤에서 우리는 벗어났습니다. 이런 때일수록 정신 놀이가 더욱 중요합니다. 먹고 사는 문제가 해결된 뒤에 정신 놀이를 제대로 하지 못하면 그 사람의 내면은 쉽게 황폐해질 수 있습니다. 그런 점에서 요즘 아이들은 예전 사람들보다 오히려 더욱 큰 위기의 상황에 처해 있다고 볼 수 있겠지요. 정신 놀이가 되지 않고 몸만 비대해진 사람이 드러내는 온갖 형태의 불안심리는 이루 말할 수 없는 것이지요.

9
아이들 몸에 찾아오는 전령관들

그동안 옛이야기 공부를 하면서 나는 매우 귀중한 사실을 하나 깨우쳤습니다. 내가 꿈을 기록하게 된 계기가 있었습니다. 예전 『어린이와 문학』 겨울 강좌 때 '꿈과 판타지'란 주제로 강의가 있었는데요. 그때 어슐러 르귄의 『어스시의 마법사』란 작품을 분석하면서 꿈 이야기도 함께 하였습니다. 강의가 끝나고 뒤풀이 시간에 강의하신 선생님이 동화 공부하는 사람들은 꿈을 꼭 기록해야 한다, 그래야 좋은 판타지를 쓸 수 있다는 거예요.

그때 꿈과 판타지에 대한 강의를 들으면서 한 가지 궁금증이 생겼습니다. 한 가지 문제의식을 얻게 된 거지요.

예전에 『판타지 동화 세계』란 연구서를 낸 적이 있는데요. 중요한 판타지 동화 작품을 놓고 내 나름의 생각과 느낌을 적은 글입니다. 그때 나는 내 내면 무의식의 소리를 들으려고 꽤 애쓰던 때였습니다. 주로 명상이나 기도를 통해 내면의 소리를 들으려고 했었지요. 그때 몸의 기운으로 판타지 동화 이야기도 쓸 수 있었는데요.

그러면서도 그때 미진한 구석이 좀 있었어요. 무언가 또 다른 방법으로 내면의 체험을 해보았으면 하는 간절함이 있었습니다. 그러다 꿈을 한번 적어보란 얘기를 들은 거예요. '야, 뭐 밑져야 본전이다. 내가 전혀 꿈을 안 꾸지만 혹시 아나. 적겠다고 마음먹으면 꿈이 꾸어질지.' 이런 생각에 집에 돌아와서 머리맡에 수첩을 하나 놓아두고 펜도 놓아두고 정말 꿈이 꾸어지나 기대하면서 잠을 잤습니다. 그런데 그날 밤 기적같이 아주 멋진 꿈이 꾸어졌습니다. 나도 놀랐어요. 나는 전혀 꿈을 꾸지 않는다고 생각했는데 꿈이 꾸어진 거예요.

어쩌다 한 번 꿈을 꾸더라도 그저 칙칙한 회색의 꿈만 꾼다고 생각하였는데, 웬걸 첫 꿈이 바로 총천연색 꿈이었습니다. 이렇게 꿈을 꾸고 적고 하면서 동화 공부, 옛이야기 공부, 판타지 공부가 관념이 아니라 내 마음속 우주와 마음 밖 우주가 서로 만나 대화하며 이루어내는 유머러스한 정신 놀이의 산물, 사유의 산물이란 생각이 더욱 들었습니다. 이래서 이때부터는 그야말로 꿈에 의지해서 꿈에 물어보며 살고 있습니다.

무언가 절실한 내 삶의 전환기에는 늘 꿈을 꾸게 됩니다. 참 신기해요. 그때마다 꿈에게 묻고 꿈이 올려주는 상징의 의미를 분석해 보고 하면서 내 삶의 방향을 알아보고 거기에 따라 그대로 살아갑니다.

어떤 삶의 전환기에는 늘 전령관이나 힘든 문턱을 넘을 때 그 삶의 전환을 지켜보고 있는 관문수호자들이 존재하는 거지요. 마음 밖 우주에도 다양한 모습으로 이러한 관문 수호자들이 존재하고 마음속 우주(꿈, 옛이야기 공간)에도 존재합니다.

요즘 꿈을 기록해 보면서 어린아이들 꿈에도 관심을 갖고 기회 있을 때마다 아이들 꿈을 모아보고 있습니다. 천안 동화 공부 모임에서 얻은 아이 꿈입니다.

감기가 걸려서 열이 나서 아플 때 잠자면 매번 꾸는 꿈이에요. 꿈속에 어떤 남자아이가 나와요. 그 아이랑 이유는 모르겠는데 헤어졌어요. 그러고 나서 혼자서 걷는데 세상이 온통 주황색과 살색으로 이루어져 있고 땅에는 아무것도 없어요. 그렇게 무작정 걸어가는데 체온계를 들고 있는 여자아이를 만났어요. 내 또래처럼 보이는데 이런저런 이야기를 하다가 뒤에서 어떤 소리가 들려 돌아봤더니 처음에 만났던 아이가 괴물처럼 변해 악마 같은 웃음소리를 내며 아주 커다란 가시가 박힌 쇠공 위에 올라타고 쇠공을 굴리며 오고 있어요. 그래서 여자아이가 도망치고 나는 그냥 아무것도 못하고 쇠공에 깔릴 뻔할 때 땀이 삐질삐질 난 상태로 깨어났어요. 그 꿈을 꾸고 나면 항상 땀이 쏙 빠져 열이 가라앉게 돼요. 이 꿈은 열이 나고

병이 났을 때 매번 꿔요. (13세, 남)

이 이야기도 웬만한 옛이야기와 다를 게 없지요. 보통 아이들은 우리가 흔히 말하는 '악몽' 이라 하는 쫓고 쫓기는 꿈을 많이 꾼다고 합니다. 아이들은 성장기에 있기 때문에 이런 꿈을 많이 꾼다는 거지요.

'성장기' 라는 건 달리 말하면 새로운 미지의 세계를 향해 떠나야 하는 모험에의 소명을 받아들여야 하는 시기이지요. 그러니까 어린아이들에게 이제 무언가 앞으로 여행을 떠나게 자극하는 온갖 형태의 괴물 모습이나 조력자의 형태나 하여튼 빛과 그림자처럼 양면의 모습을 한 전령관이나 관문수호자들이 등장하여 모험 여행을 부추기는 것이지요.

일곱 살 난 여자아이의 꿈에 나타난 뱀도 그 어떤 의미에서 이제 여자아이로 하여금 슬슬 집을 떠나 홀로 서는 모험 여행길에 내면의 담력을 길러주기 위해 나타난 빛이 되는 정령인지도 모릅니다.

이런 마음속 우주에 찾아오는 온갖 형태의 정령과 맞서고 기대고 하면서 아이들의 내면은 성장해 가는 거지요. 아이들의 마음속 우주에서는 이렇게 치열한 인생의 파노라마가 펼쳐지고 있습니다. 저 마음속 세계 또한 분명히 아이의 몸과 정신에 엄청난 심리적인 영향을 미치는 진실한 시공간입니다.

현대 교육을 행하는 부모나 선생님들은 저 치열하고 진실한 마음속 삶의 현장을 너무나 무시하고 외면하고 대수롭지 않게 여겨 왔습니다. 이것이 근대 교육의 맹점이지요.

나는 십여 년 동안 학교 현장에서 아이들을 가르치는 선생으로 있었고 또한 두 아이의 아버지 노릇을 하고 있습니다. 아이들을 가르치고 내 자식을 기르고 할 때 이렇게 아이의 마음속 우주에서 일어나고 있는 진실하고 치열한 삶의 이야기에는 전혀 관심을 갖지 못하였습니다. 얼마나 부끄러운 일인지 모릅니다.

마음속 우주에서 일어나는 일에 귀 기울이고 먼저 마음속 우주에서 일어나는 정령의 이야기를 듣고 이해하고 어루만져 줄 때 그 아이 몸에서는 엄청난 빛이 되는 에너지가 흘러넘칠 것입니다.

예전에 학교에 있을 때 일 학년 담임을 잠깐 한 적이 있습니다. 처음 학교에 와서 교실에 앉아 있는데, 한 여자아이가 눈에 들어왔습니다. 몸에서 에너지가 다 빠져나가 생기가 느껴지지 않았습니다. 너무나 지치고 두려움에 싸인 눈빛으로 앉아 있었습니다. 가정에 무슨 큰일이 있는가 긴장해서 아이를 바라보는데 며칠 지나서 엄마를 만나보게 되었습니다. 아이가 그렇게 된 원인은 엄마를 보고 금방 알게 되었습니다.

이 아이는 유치원 때부터 성적 때문에 엄마에게 주눅이 들어 있었던 것입니다. 수학은 어떻고 국어는 어떻고, 엄마는 끊임없이 잔소리를 하며 이 아이를 공부 잘하는 아이로 키우려고 하였습니다. 그런데 불행하게도 엄마의 욕심만큼 아이가 따라가지 못해 벌써 기가 완전히 꺾인 상태로 초등학교 교실에 올라와 앉아 있는 거지요.

학벌주의에 갇힌 사람들이 점점 늘어납니다. 이걸 달리 말하면 '지적인종주의'라고도 말하는데요. 지적으로 뛰어난 인종이 있다는 사고가 무의식에 깔려 있어 시험을 잘 봐서 성적이 좋은 사람은 이 사회에서 당연히 높은 지위와 보수를 받고 남을 부리며 살 수 있는 특권이 있다는 의식을 갖고 있는 겁니다. 근대 교육은 이러한 지적인종주의를 부추기며 아이들 머리 속에 심어줍니다. 참으로 안타까운 일입니다. 요즘 우리 교육은 이 지적인종주의(학벌주의) 주술에서 깨어나야만 살 수 있을 텐데 아쉽게도 깨지기는커녕 더욱 심화되고 있습니다.

이럴수록 그야말로 바짝 정신을 차려야 할 것 같아요. 위기가 기회이기도 합니다. 어둠이 짙으면 빛도 그만큼 강한 거니까요.

아동문학을 하는 나도 요즘 '이제는 정말 정신 차려야 할 때다. 이제 밥을 굶어 죽는 사람은 없다. 절대 빈곤의 시대는 지났다. 여기에서 벗어난 것만 해도 감사할 일이다. 대신 이제는 상대 빈곤에서도 벗어나야 한다. 상대적인 빈곤감에서 벗어나려면 정신의 힘, 철학의 힘, 예술의 힘이 절대 필요하다'라는 생각을 많이 합니다. 이제는 정신 놀이가 가능해야 하는 거지요.

아동문학, 인문사회과학에 대한 탐구, 마음속 우주를 가꾸는 정신 놀이 영역에 종사하는 사람들의 치열한 탐구가 필요한 시기입니다. 요즘 경제 위기를 맞이해서 다들 어렵다고 합니다. 이런 때일수록 기본으로 돌아가야 할 것 같아요. 거품을 빼고 진실한 내면의 소리를 듣는 소박한 언어의 꽃, 이야기의 꽃을 되살려야지요.

학벌주의, 지적인종주의에 갇힌 사람들은 정말 이제 우리 아이들을 좀 새롭게 보면 좋겠습니다. 공부도 하나의 마라톤과 같습니다. 유치원 때부터 대학까지 긴 마라톤 코스가 준비되어 있습니다. 유치원 때부터 100미터 달리기 하듯 달린 아이가 어떻게 뒤로 가면서 자신의 속도를 낼 수 있겠습니까. 힘을 비축해야지요. 아이들 마음속 우주가 삶의 에너지, 온갖 빛과 그림자 모습을 띤 정령으로 가득 차야 합니다. 마음속 우주에서 늘 유머러스한 옛이야기와 같은 이야기가 태어나고 소멸하고 하는 건강한 내면을 길러줘야 하지요. 그런 아이는 성장하면서 누가 시키지 않아도 공부를 할 때가 되면 즐겁게 스스로 하겠지요.

학교 현장에서 동화 공부하는 분들을 만나면 아이들 꿈을 채집해 달란 부탁을 합니다. 한 선생님이 아이들 꿈을 보내주었는데 여기에 그대로 몇가지 소개해 보겠습니다.

1) 13세, 여

내가 부자가 되는 꿈을 꾸었다. 좋은 집에, 바로 앞에 한강이 보이는 곳. 그런데 갑자기 한강에 코끼리 몇 마리가 나타났다. 깜짝 놀라 TV를 틀었더니 동물원의 코끼리가 탈출해서 한강에 나타났다고 한다. 어느새 우리 집까지 들어왔다. 그런데 신기한 것은 코끼리가 우리집을 부수지는 않았다. 화장실 앞에 잠깐 있더니 다시 되돌아갔다. 난 너무 깜짝 놀라서(무서워서) 꿈에서 눈을 동그랗게 뜨고 있었다. 그 꿈을 꾸고 나서 왠지 느낌이 이상했다.

2) 13세, 여

꿈을 꾸고 있는데 미라가 뒤에서 따라와서 도망갔는데 갑자기 미라가 파도를 타고 쫓아와서 파도를 맞았다. 붕대가 있어서 붕대를 풀어보니 엄마가 "나와서 공부해!" 하면서 놀라게 했다. 무섭기도 했다.

3) 13세, 여

내가 꿨던 꿈 중 재미있던 꿈은 내가 미로에 빨려들었는데 길을 찾는 거다. 그 미로에는 괴물하고 요괴가 있어 더욱 조심해야 된다. 또 위험해서 내가 맨 끝에 탈출을 했는데, 그곳은 아주 말할 수 없이 멋있고 근사한 곳이다. 그 꿈을 꾸고 나서의 느낌은 너무 재미있었다. 실제로 일어났으면 좋겠다.

4) 13세, 남

내가 학교 과학실에 들어갔는데, 그때 몇 명이 같이 있었는데 문의 창문으로 보니 오크 몇 마리가 과학실 안으로 들어오려 했다. 그때 우리 마법을 배우게 됐고 문을 열고 공격하고 문 닫고, 문 열고 공격하고 문 닫고를 반복하며 오크를 해치우고, 다음 날 또 과학실에 갔는데 소변이 마려워 화장실에 갔다가 어떤 목소리를 듣고 후다닥 과학실에 들어갔다. 그때 복도에는 용이 있었다. 그때 그 뒤에 내 친구들과 또 다른 용이 앞의 나쁜 용을 공격을 하여 죽였다. 결국 우리가 이겼다. 느낌 : 재미있고 그날 로또 당첨됐다.

5) 13세, 남

내가 엘리베이터를 탔는데 우리 집은 5층인데 10,366,444,944,100층까지 갔다. 거기서 내렸는데 옥상이었다. 경치를 보고 있는데 누군가 밀어서 떨어졌다. 그런데 밑에 방석이 깔려 있어서 죽지는 않았고 거기서 엄마가 깨워서 끝.

6) 13세, 남

우리 아파트가 폭파되고 전체 88가구 중 72가구가 몰살당했으며 대부분 부상 및 사망이었다. 우리 가족은 모두 살아남아서 대피를 했다. 다른 살아남은 생존자도 도망치기 시작했다. 그때 우리 뒤 10m 정도에서 광견병 걸린 개가 따라오고 군인들이 수류탄을 던졌다. 총알이 비 내리듯이 내리고 폭탄에 팔다리가 잘린 사람들, 목이 날아간 사람들도 있었다. 계속 도망치자 우리나라 군을 만났다. 그들은 우리 가족에게 총과 칼, 수류탄을 나눠주었다. 우리는 다시 거꾸로 뛰어가기 시작했다. 우리와 우리 군사는 다시 광견병 걸린 개와 싸우기 시작했다. 칼로 개들의 목을 내리쳐서 죽이고 몸을 2등분 시키고 1시간 동안 도륙을 하였다. 또 상대편 군사를 모두 죽이고 결국 승리했다. 재밌고 또 꾸고 싶다.

기억이 나는 꿈을 적어보라고 선생님이 시켰더니 한 반 아이들이 적은 꿈입니다. 그 가운데 일부입니다. 위 아이들의 꿈을 보면 한 가지 흥미로운 사실을 알 수 있습니다. 아이들의 마음속 우주에서는 끊임없이 전령관들이 찾아오고 사라지고 합니다. 그래서 켐벨은 아주 멋진 말을 하였습니다.

"변형의 때가 무르익은 정신은 끊임없이 전령관을 산출한다." (『천의 얼굴을 가진 영웅』, 76쪽)

그렇습니다. 아이들 마음속 우주에서도 끊임없이 저러한 전령관들이 태어나고 사라지고 합니다. 앞에서 일곱 살 아이의 꿈에 나타난 뱀도 아이 수준에서 무르익은 정신이 산출해 낸 전령관입니다.

「눈찔린 동생」 이야기는 옛날 어느 사람들의 마음속 우주에서 태어난 승냥이 전령관에 대한 이야기이기도 하고, 「학교에 간 사자」에 나오는 '사자'는 바로 필리퍼 피어스란 작가의 마음속 우주에 찾아온 사자 전령관의 이야기이기도 한 것이지요.

여기서 여러분들은 왜 어린아이들이 옛이야기를 그렇게 즐기는지 이제 좀 알 수 있을 것입니다. 위에 소개한 아이들 꿈 이야기에도 수많은 종류의 전령관들이 나오고 있지요. 악마 같은 웃음을 날리며 커다란 가시 박힌 쇠공을 타고 굴러오는 괴물이 있고, 뒤에서 쫓아오는 미라, 미로 속에 살고 있는 괴물과 요괴, 과학실의 오크와 용, 광견병 걸린 개와 같은 온갖 형태의 전령관들이 아이들 마음속 우주에서 살아가고 있습니다. 어떤 아이들은 저런 괴물을 물리치고 신나하면서 다시 만나고 싶다는 아이도 있고, 어떤 아이는 너무 무서워서 두렵다는 아이도 있습니다. 이런 마음속 우주에 나타나는 전령관들은 옛이야기에서도 물론 얼마든지 볼 수 있습니다.

어린아이들이 옛이야기에 쉽게 빠져드는 건 앞의 꿈 이야기에서도 보았듯이 그 이야기가 자기 몸에서 태어나고 있는 마음속 현실의 한 장면이라는 걸 너무 생생하게, 머리가 아닌 온몸으로 받아들이고 느끼기 때문이지요.

이렇게 몸에서 수많은 정령들과 함께 살아가는 아이들에게 이런 옛이야기를 들려주었다고 해봅시다. 아이들이 싫어할 리가 없지요. 그리고 저건 남의 이야기다 할 리가 없습니다. '맞아, 저건 나의 이야기야. 내 마음속 우주에서 내가 경험한 이야기야' 할 겁니다.

이야기 한 편을 들려드리겠습니다.

넷날에 한 아레 글방에 다니넌데 하루는 글방에 가는 길 넉(옆)에 있는 파우(바위) 우에 조그마한 뱀 한 마리가 배가 고파서 입을 낙작낙작 하구 있넌 것을 보구 불상해서 개지구 가던 밥을 절반쯤 덜어서 주었다. 뱀은 그 밥을 받아 먹었넌데 그담보타는 매일 거기를 지나가멘 보문 그 뱀이 나와서 입을 벌리구 낙작낙작하구 있었다. 그래서 이 아는 개지구 가던 찬밥(점심밥)을 절반 덜어서 주구 주구 했다. 그랬더니 이 뱀은 차차 커서 밥두 많이 먹게 돼서 밥 절반 개지구는 모자라게 됐다. 그래서 이 아는 저 오마니과(어머니에게) 글방에 가난한 집 아레 찬밥을 개저오디 못하느꺼니 그 아와 나누어 먹게 밥을 많이 담아 달라구 했다. 오마니는 기렇게 하라 하구 큰 복주깨(주발)에다 밥을 가뜩 담아 줬다. 이 아는 그 밥을 개지구 가서 절반은 뱀에게 주구 자기레 먹다 남으문 그 남은 것두 주군 했다.

이렇게 해서 몇 해를 지냈넌데 조그마하던 뱀은 커서 큰 집채만큼 큰 구렝이가 됐다. 이렇게 되느꺼니 이 아는 구렝이와 이형데(의형제)를 뭐 개지구 구렝이를 형님이라구 불렀다.

하루는 구렝이레 이 아보구 너는 아무날 아무가이 정승에 집이루 당개간다구 말했다. 이 말을 듣구 이 아는 "형님, 거 무슨 말이가. 내레 어드렇게 그런 큰 부재집이루 당개간다니 그게 무슨 말이가" 하구 말하느꺼니 "두구 보라구, 난 볼세 다 알구 있다. 꼭 가게 된다"구 했다. 그런데 그 후 그 정승에 집이서 사람이 와서 혼사묻자구 했다. 그래서 이 아는 그 정승집이루 당개가게 됐넌데, 잔채날이 아레 말 타구 갈라구 하넌데 이 구렝이레 와서 자기는 맨제 그 집이 가서 집 뒤에 샛단머리에 숨아 있갔으느꺼니 너는 떡이랑 국이랑 갲다 달라구 말했다.

새시방은 말을 타구 색시집이 가서 네를 지내구 큰상을 받아먹구서 구렝이한테 떡을 한광지(한광주리) 담아다 주었다.

첫날밤에 새신랑과 신부는 불을 죽이구 자구 있넌데 돌중 한 넘이 담을 넘어들어와서 새신랑을 죽이구 신부를 빼틀어다 살갔다구 칼을 숫돌에다 슬그렁슬그렁 갈구 있었다. 그러구 있넌데 구렝이가 나와서 이 돌중을 깍깍 몸을 동세레서 줵엤다. 이렇게 해서 구렝이는 실랑을 구해 주었다.

이 아는 그 후에두 글방에 다니멘 공부를 하넌데 하루는 구렝이레 와서 과거를 보문 꼭 급데하갔으니꺼니 과거를 보라구 했다. 그래서 이 아는 과거를 봤더니 급데를 해서 큰 베슬을 하게 됐다.

그르구르 지내드랬넌데 하루는 구렝이레 "난 이젠 되센(조선)서 델루 높은 고개에 올라가서 거기 지나가는 사람을 잡아먹갔다. 그르문 되센 전테가 벌떡 뒤끌어서 구렝이 잡아죽이야갔다구 야단티갔넌데 나라에서는 그 구렝이를 잡아죽일 사람을 뽑갔다구 하갔으느꺼니 그때 네레 나가서 내래 그 구렝이 잡아죽이갔으느꺼니 사람 백 명과 달구지 백 틀하구 큰 검 한 자루 달래 개지구 나 있는 고개루 와서 나를 잡아서 내 몸둥이를 백 토막으루 끊어서 달구지 한 틀에 한 토막식 싣구 왕한테 개저다 받히라"구 말했다. 새실랑은 이 말을 듣구, "형님 그게 무슨 말입니까. 형님 아니문 나는 볼세 죽었을 거인데 형님까타나(형님 때문에) 나는 이제두 살구 있넌데 그러한 형님을 날과(나더러) 죽이라니 내레 어드렇게 형님을 죽이갔소. 나는 못하갔소."하멘 그건 못하갔다구 말했다. 구렝이는 네레 날 안 죽이갔다문 내레 너를 죽이갔다 하구 위협했다. 그러느꺼니 실랑은 할 수 없이 그러갔다 하구서 둘이는 헤댔다.

그후 얼메 안 가서 아무데 고개에 큰 구렝이가 나타나서 사람을 많이 잡아먹군 했다. 그러느꺼니 나라에서는 이 구렝이를 잡아죽일 사람을 뽑는다는 광고를 내 붙였다. 이 새시방은 왕한테 가서 내레 그 구렝이를 잡아 죽이갔으느꺼니 사람 백 명과 달구지 백 틀과 큰 검 한 자루를 달라구 했다. 왕은 그카라 하구 사람 백 명과 달구지 백 틀과 큰 검 한 자루를 주었다. 새시방은 사람 백 명과 달구지 백 틀과 큰 검 한 자루를 들구 그 고개에 가서 형님 나 왔수다 하구 말하느꺼니 구렝이레 나와서 날레 날 떡으라구 했다. 그래서 새시방은 큰 칼루 구렝이를 떡이서 토막을 내서 달구지 한 틀에 구렝이 한 토막씩 해서 달구지 백 틀을 끌구 왕한테 개지다 받혔다. 왕은 기뻐서 나와서 그 구렝이레 얼매나 크구 긴가 보갔다구 백 토막 난 거를 부테(붙여) 보라구 했다. 새시방은 구렝이으 토막난 거를 한 토막식 한 토막식 내레다(내려다가) 부테놨넌데 그 토막난 거이 착착 홀딱

붙더니 큰 구렝이레 돼서 왕한테 달라들어 잡아먹구 이 새시방을 왕으루 삼았다. 이 새시방은 왕이 돼서 잘 살다가 무진넌에 달구다리 뻗두룩 했다구 한다. (『임석재전집 2』, 24~26쪽)

어떻습니까? 이런 이야기는 머리로 꾸며서 나왔다기보다 마음속 우주에서 태어났다는 느낌이 더 들지 않습니까?

어른들은 아쉽게도 머리와 이성의 힘에 기대 살면서 마음속 우주와 마음 밖 우주가 분리되어 그만 그 길이 막혀버렸습니다. 마음속 우주에서 일어나는 정령들의 삶이 제대로 보이지 않게 된 거예요. 그러니 옛이야기가 더 이상 내 몸에서 태어나는 진실한 나의 이야기가 아니고 그저 아이들이나 즐기는 공허한 이야기란 생각을 해버리고 마는 거지요.

옛이야기는 어린아이만이 아니고 어른들이 즐기면서 말로 전해져 온 것입니다. 옛날 사람들은 이런 이야기를 즐기며 살았습니다. 옛 사람들이 먹고 사는 절대 빈곤의 고통에서는 벗어나기 어려웠겠지만 정신의 영역에서는 오히려 나름의 여유를 갖고 살았다고 볼 수 있지요.

10
꿈 놀이를 즐기자

아마 앞에서 소개한 아이들 꿈을 보고 또 옛이야기를 읽고 하다 보면 꿈과 옛이야기는 둘이면서 하나인 형제란 사실을 쉽게 알 수 있을 겁니다. 그리고 또 왜 심리학을 연구하는 사람들이 옛이야기를 연구하는 전문가인지도 쉽게 알 수 있지요. 꿈이나 옛이야기나 다 사람의 마음속 우주, 즉 내면 심리가 어디를 향해 가고 있는지 그대로 드러내기 때문입니다.

여러분들도 아이들 꿈을 좀 많이 채집해 보시기 바랍니다. 요즘은 아이들하고 속마음을 터놓고 이야기하는 시간을 갖기가 좀처럼 쉽지 않지요. 워낙 아이들이 바쁘게 살아가니까요. 짧은 시간이라도 아이들과 속마음을 나누는 대화를 하고 싶을 때 꿈 이야기를 하면 이야기가 술술 잘 풀려나갈 겁니다. 나도 꿈을 기록하면서 사람들과 나누는 이야기가 아주 흥미롭고 유머러스해지고 재미있어졌습니다.

아이들의 꿈을 어떻게 보고 또 어떻게 꿈을 통해 아이들의 내면을 치료해 가는지, 꿈 전문가들이 하는 얘기를 한번 소개해 보겠습니다.

여덟 살 아이가 꾼 꿈입니다.

> 밤새 제 침실이 나오는 끔찍한 꿈을 꾸었어요. 침대 끝에 유령이 서 있었는데 나쁜 유령인 것 같았고 사람을 보는 것 같았어요. 어두운 색깔의 모자 달린 외투를 입고 뼈가 앙상하게 드러난 손을 가슴 위에 얹고 있었어요. 창백한 얼굴에는 주름이 많았고 누군가를 뚫어지게 쳐다보는지 어딘가를 보고 있었어요. 유령은 외투를 올리며 몸을 움직였는데, 그 외투가 저를 덮쳐서 숨막히게 할 것 같았어요. 전 몸이 굳어서 잠에서 깨어났어요. 어두워서 아무것도 보이지 않았지만 가만히 눈을 뜨고 있으니까 다른 것들이 보였어요. 그러고 나니깐 아까 봤던 사람이 사실은 없다는 걸 알았어요.(『꿈 대화법』, 108쪽)

앞에서 아이들 꿈 이야기를 상당히 많이 하였습니다. 어쩌면 여러분 가운데 '아이들 꿈을 이렇게 해석하면 되는구나' 하고 쉽게 자기만의 도식적인 해석 방법을 갖게 되었다면 그건 위험한 일입니다. 꿈 해석은 사실 아주 어려운 일입니다. 융의 제자 가운데 꿈 분석가이면서 민담 연구가로 유명한 마리 루이제 폰 프란츠가 이런 질문을 받았습니다.

“박사님은 융에게 꿈 해석을 받을 필요를 느꼈다고 하셨습니다. 그러면 보통 사람이 꿈 해석 기술을 배우는 것이 가능할까요? 아니면 너무 복잡한 일이라 엘리트들만 할 수 있나요?”

이 질문에 이렇게 답을 합니다.

“모든 과학과 마찬가지라고 생각합니다. 엘리트들만이 꿈 해석의 정교함과 과학적인 복잡성, 그리고 꿈이 제기하는 질문들을 다룰 수 있겠지요. 그것은 전문 분야이고 전문 기술을 요합니다. 아무나 그만큼 잘 할 수는 없을 겁니다. 그러나 모든 과학과 마찬가지로 경험에서 우러난 어떤 법칙들과 보편성은 일반 대중에게도 퍼져나갈 수 있습니다. 그런 것들이 분석이나 꿈 해석이라는 복잡한 과학적 문제에 뛰어들기 원하지 않는 사람들에게 도움이 될 것입니다. 알 수 없는 스무 개의 꿈들 가운데는 때로 누구나 바로 알아차릴 수 있는 매우 단순한 꿈들이 있게 마련입니다.”(『융학파의 꿈 해석』, 25~26쪽)

이 끝말이 참 좋습니다. 우리가 앞에서 살펴본 아이들의 꿈은 스무 개의 알 수 없는 꿈들 가운데서 누구나 바로 알아차릴 수 있는 매우 단순한 꿈 이야기를 한 것이라 보면 좋겠습니다.

저도 꿈을 기록해 보니까 정말 알 수 없고 복잡한 꿈을 아주 많이 꿉니다. 어린아이들이 꾼 꿈이나 어른이 꾼 꿈 가운데에서 도저히 이해하기 어려운 꿈을 만나면 가끔 꿈을 연구하는 선생님에게 상징의 의미를 물어보곤 합니다. 당연히 전문가의 도움을 받아야 합니다. 마리 루이제 폰 프란츠도 말하였듯이 꿈은 하나의 과학입니다. 수많은 사례를 분석하고 경험하다 보면 경험에서 나오는 어떤 법칙과 보편성을 발견하게 되겠지요. 나는 아직 꿈에는 어떤 법칙과 보편성이 있는지 잘 모릅니다. 3년째 꿈을 기록하고 다양한 꿈 관련 책들을 읽어가면서 공부 중에 있습니다. 그러나 역시 꿈 공부도 하나의 과학이기 때문에 수많은 꿈 사례를 경험해 봐야 하겠지요.

아이의 꿈을 제대로 해석한다는 건 결코 쉬운 일이 아닙니다. 섣불리 아이들 꿈을 재단하여 아이에게 무슨 심각한 문제나 있는 것처럼 그렇게 몰고 가다간 정말 선무당이 사람 잡는 격이 될 수도 있을 겁니다.

꿈 워크숍을 하는데 워크숍을 진행하던 고혜경 선생님으로부터 흥미로운 이야기를 들었습니다. 아이들과 꿈 워크숍을 할 때 이런 꿈 이야기를 하는 경우가 있답니다. 꿈속에서 아이가 엄마나 아빠를 죽이는 꿈을 꾼 경우입니다. 자식이 부모를 죽이는 꿈을 어떻게 해석해야 할까요?

부모 입장에서는 아이들이 꿈속에서 엄마를 죽이는 꿈을 꾸었다고 하면 기분이 좋을 사람은 많지 않을 겁니다. 아마도 섭섭함을 느끼겠지요. 그러나 꿈을 연구하는 사람은 아이들이 이런 꿈 이야기를 하면 그날은 그 아이를 위해서 축하 파티를 열어준답니다. 이제야 아이가 부모로부터 독립하여 자기 길을 가기 시작하는 첫 걸음을 내디뎠다는 것이지요.

마음속 우주에서 아이는 부모를 죽이고 스스로 온전한 주체로 서서 자신의 인생길을 헤쳐나가게 된 것입니다. 꿈을 바라보고 해석하는 관점은 이렇게 다릅니다.

나는 여러분들이 아이들의 꿈을 전문가처럼 분석한다는 자리에서는 건 그래서 위험하다고 봅니다. 다만 꿈 이야기를 듣고 한 편의 옛이야기를 들은 것처럼 꿈속에 나오는 정령들과 같이 놀아준다고 생각하면 참 좋겠습니다. 그러면 재미있는 여러 가지 놀이를 아이들과 유머러스하게 같이 할 수 있지 않을까 생각됩니다. 그런 놀이 과정에서 아이의 내면은 드러나게 되어 있고 또한 치유의 과정을 밟아갈 수 있겠지요.

위의 꿈을 꾼 아이의 엄마는 아이하고 꿈 대화, 꿈 놀이를 하고 있습니다. 이런 장면이 참 좋습니다.

꿈 이야기를 나눌 때는 아이가 어떤 상황에서 이런 꿈을 꾸었는지 잘 살피라고 합니다. 선생님이나 엄마나 아빠는 대개 아이가 처한 상황을 짐작은 할 수 있겠지요. 이 유령 꿈을 꾼 아이는 부모가 자주 격렬한 말다툼을 하고 별거 중이었습니다. 엄마는 이런 환경이 아이에게 나쁜 영향을 미친다고 생각하였지만 아이와 어떻게 대화할지를 몰랐습니다.

그러던 중에 아이가 이런 꿈 이야기를 한 것입니다. 아이의 꿈이 아이와 엄마가 대화할 수 있는 재료를 제공해 준 것이지요. 이 꿈 이야기를 듣고 엄마는 아이에게 어떨 때 그런 꿈을 꾸느냐고 물었습니다. 그러니까 아이는 엄마 아빠가 말다툼을 할 때 덫에 걸린 것처럼 답답하다고 말하였습니다. 마치 유령이 방에 나타났을 때 느끼는 감정이 엄마 아빠가 말다툼을 할 때의 그 감정과 같다는 거지요. 꿈에서 자기가 침대에서 뛰쳐나오면 유령이 쫓아와 자신을 덮칠 것 같고, 계속 누워 있으면 유령도 침대 옆에 계속 서 있을 것 같은 느낌이 든 거지요. 꿈속의 느낌이 꼭 엄마 아빠가 말다툼을 할 때 자기가 끼어들어서 소동을 벌이면 엄마 아빠가 오히려 자신에게 화를 낼 것 같아 힘들지만 차라리 아무 말 없이 있는 게 낫다고 생각하는 그때의 마음과 같았다는 겁니다.

아이의 마음이 그대로 반영되어 마음속 우주에서 그러한 유령이 나타난 것입니다. 이 유령은 아이의 마음속에 나타난 일종의 관문 수호자와 같은 존재라 할 수 있겠지요. 아이들의 꿈에는 관문수호자들이 시시때때로 나타납니다. 아이들은 이제 삶의 모험을 떠나는 자리에 있기 때문이지요. 아이들이 어른으로 성장해 가는 과정 자체가 일종의 모험 여행입니다. 모험 길에서 무수하게 많은 관문수호자들이며 조력자들을 만나는 거지요.

아이들과 꿈 이야기를 할 때, 유령과 같은 마음속 우주에 출현하는 관문수호자들을 선과 악의 관점에서 판단을 하면 안 될 것 같습니다. 아무리 험한 모습으로 아이들을 힘들게 하더라도 결국 그러한 존재들을 아이들의 내면 성장을 돕는 목숨으로 바꾸어내야 합니다. 내면 성장을 돕는 존재로 바꾸어내는 작업, 그게 바로 꿈 대화이고 꿈 놀이라고 할 수 있겠지요.

엄마는 아이에게 꿈에서 본 유령을 그려보게 하였습니다. 그리고 나서 마음대로 그림에 낙서를 하거나 찢어버리라고 하였습니다. 그러면서 아이에게 "봐, 네가 유령보다 힘이 더 세잖아" 하고 말하였습니다. 아이가 악몽을 꾸었다고 말하면서 아무런 행동을 취하지 못하고 수동적으로 당하는 자리에 섰을 때는 이런 방법으로 아이 마음의 힘을 길러주는 것도 좋다고 할 수 있겠지요. 일종의 꿈 놀이라고 하면 좋겠습니다.

11
삶에 직면하는 힘을 길러주는 옛이야기

어린아이들은 '악몽' 을 많이 꿉니다. 아마도 악몽을 많이 꾼다는 건 그만큼 아이들에게 하루하루가 인생의 전환기에 해당한다는 걸 뜻하는 거겠지요. 어른들은 이제 어느 정도 성장이 멈추어서 더 이상 변해 갈 게 없다는 생각이 들 때가 있지만 아이들은 안 그런 거지요. 그러나 어른들도 죽음을 맞이하는 그 순간까지 늘 삶에 직면하며 살게 되어 있습니다. 그러니 삶에 치열하게 직면하며 사는 사람에게는 하루하루가 새로운 삶을 창조하는 모험 여행 길이고 그러다 보면 변형의 때가 무르익은 정신이 맞이하는 전령관을 수시로 만나게 될 겁니다.

변형의 때가 무르익고 새로운 삶의 문턱을 넘어서야 할 때 사람의 몸과 마음은 심한 갈등을 일으킵니다. 이럴 때 사람들은 마음속 우주에서 들려오는 소리를 외면하고 마음 밖 우주에만 빠져서 몸을 혹사하며 보통 악몽을 꿉니다. 악몽은 꿈을 연구하는 사람들의 이야기를 들어보면, 마음속 우주의 주인이 되는 선생님이 그렇게 많은 이야기를 올려 보내주는데도 통 말을 안 들으니까 "그래 너 이래도 내 말 안 들을 거야?" 하면서 충격적인 형태로 올려 보내주는 간절한 호소문이라 할 수 있답니다.

꿈은 일종의 마음속 우주의 선생님이 날마다 올려 보내주는 연애편지라는 거지요. 그런데 이 연애편지를 사람들은 겉봉도 뜯어보지 않고 그냥 버린다는 겁니다. 현대인들은 꿈을 무시한다는 거지요. 나도 꿈을 기록해 보고 꿈의 신비 체험을 해보면서 이 말 뜻을 실감하였습니다.

말이 나왔으니까 내 꿈 이야기를 하나 해보겠습니다.

오포에 살다가 서울로 이사 온 집에서 첫날 잠을 잘 때였습니다. 이사 온 집에서 꾼 첫 꿈이었습니다. 꿈속에 내가 자고 있는 방이 나왔습니다. 방은 그렇게 어둡지 않았습니다. 맨 처음에는 벽 한쪽 구석에서 톡 하고 아주 작은 벌레 한 마리가 튀어나왔습니다. 그러더니 또 저쪽 벽에서 벌레 한 마리가 톡 하고 튀어나왔습니다. 그 다음에는 다른 쪽에서 한 마리가 나오더니 점차 벽에 송곳으로 콕콕 찌르는 것처럼 구멍이 나며 벽지가 온통 벌레 집으로 변했습니다. 사방이 다 벌레 집으로 변하면서 벽지도 휑하니 떨어져나오고 그 아래로 온통 벌레 무더기가 쏟아져내리는데 나는 너무 무서워서 잠을 깼습니다.

첫날 이사 온 방에서 혼자 자다가 이런 꿈을 꾸니 너무나 무섭고 마음이 뒤숭숭하였습니다. 꿈을 수첩에 옮겨 적고 한참을 꿈에 대해 생각하였습니다. 도대체 이 꿈은 내게 어떤 메시지를 주는 것인가.

꿈은 상징의 언어로 이야기합니다. 그래서 꿈의 해석이 어렵다고들 합니다. 도대체 이 상징의 의미가 무엇인지 이해하기 힘든 경우가 많습니다. 그래도 몇 년에 걸쳐 꿈을 기록하다 보니까 내가 내 삶에 솔직하게 직면해서 내 마음속 우주를 들여다보면 마음속 우주의 선생님이 대개 왜 그런 상징의 언어로 말하고 있는지 짐작할 수 있습니다.

왜 처음 이사 온 집이 하필이면 벌레 집이 되었는가. 이 문제를 놓고 한참 사유와 명상을 해보았습니다.

아내와 헤어지고 나서 오포에서 나는 혼자 3년을 살았습니다. 나는 혼자 고립된 생활을 하였습니다. 그때는 몸도 아주 안 좋아서 동네 뒷산에도 못 오를 정도였습니다. 내가 만나는 사람은 동네 밭 할아버지가 유일한 친구였습니다. 주위의 친구나 아동문학 하는 사람들이 집에 가끔 놀러오겠다고 해도 극구 말렸습니다. 사람이 사는 집에는 사람들이 드나들어야 합니다. 그래야 집 안에 생기가 돌게 되지요.

혼자 생활하다 보니 청소도 거의 하지 않았습니다. 사람들이 오고 가면 마지못해서라도 쓸고 닦고 할 텐데 워낙 게으른 성격이라 몇 날이 가도 청소하는 적이 없었습니다. 날마다 집에서는 책에만 빠져 살았습니다. 내가 사들이는 책이며 보내오는 책이며 집 안 곳곳에 책과 먼지만 쌓여갔습니다. 벌레 집이 따로 없었습니다.

'아, 이렇게 몇 년을 더 살다가는 먼지 귀신이 되겠구나' 하는 생각이 들 정도였습니다.

'이제는 사람들과 좀 소통을 하면서 살아야지, 이렇게 폐쇄된 상태로 살다간 집 안 귀신이 되겠구나' 하는 생각도 들었습니다. 아내와 헤어지고 나서 나는 3년 동안 고립된 삶을 살면서 한 가지 깊은 화두를 안고 살았습니다.

도대체 결혼 제도라는 게 뭐냐. 가족 제도라는 게 뭐냐. 에로스라는 게 뭐냐. 성이라는 게 뭐냐. 에로티시즘이라는 게 뭐냐. 사랑이라는 게 뭐냐. 이런 문제입니다.

아내와 헤어지기 전까지는 그렇게 깊이 생각해 보지 못하던 내 내면의 문제였습니다. 이래서 이때부터 내가 운영하던 이야기밥 카페에 성에 관한 이야기, 에로티시즘에 관한 이야기를 쓰기 시작하였습니다.

이런 공부를 하면서 한 가지 깨우친 사실은 사랑은, 에로스는, 에로티시즘은 결국 소통의 문제라는 사실입니다. 영혼의 문제입니다. 내가 이렇게 먼지 귀신이 되어 가지고 꽁꽁 문을 닫아걸고 방에 숨어서 에로스니 성에 관한 이야기를 하는 건 하나의 관념에 불과하단 생각이 들었습니다. 오포에서 3년을 살면서 '이제는 집 안 귀신에서 벗어나서 사람들과 소통하는 삶을 좀 살아봐야겠다. 사람들과 소통하고 담론을 즐기면서 에로티시즘 공부도 좀 해봐야겠다'라는 생각이 들어 마침 주인이 방을 빼달라고 하니 이것도 운명의 계시려니 하는 생각이 들었습니다. 하여튼 이런저런 이유들이 겹쳐서 서울로 이사를 하게 되었는데, 이사 첫날 이런 무서운 벌레 꿈을 꾼 것입니다.

앞에서 우리는 아이들 꿈 이야기를 한참 하였습니다. 어른들도 역시 인생의 전환기에는 전령관을 만납니다. 변형의 시간이 무르익은 때에 내 마음속 우주의 선생님은 이런 전령관(무시무시한 깨알 같은 벌레)들을 보내준 것이지요. 이 벌레들은 전령관이라 해도 좋고 관문수호자라 해도 좋습니다.

이 전령관들은 꿈을 통해 내게 무언가 새로운 변형의 시기가 왔다는 것과 네가 변하지 않으면 지금 새로 이사 온 집은 예전 오포에 살던 집과 같이 삽시간에 벌레 집이 될 것이란 일종의 경고를 하고 있는 것이지요.

그렇다면 그러한 경고에 나는 어떻게든 응답을 해야 합니다. 이게 중요합니다. 꿈을 꾸고 나서 꿈 상징이 드러내는 의미를 잘 이해하고 실제로 외부 현실에서 그 상징이 인도하는 삶의 모험 길을 따라 몸으로 움직여 살아야 합니다. 꿈을 몸으로 살아야 합니다. 동화도 몸으로 살아야 하고, 옛이야기도 몸으로 살아야 하고, 신화도 몸으로 살아야 합니다.

그 꿈을 꾸고 나서 망설임 없이 내가 운영하던 이야기밥 카페에 이런 공고를 냈습니다. 이제 내가 이사 온 집에서 사랑방 대화를 하겠다. 그러니 성과 섹스, 에로스, 에로티시즘과 같은 문제를 놓고 같이 토론하고 대화하고 싶은 사람은 오라. 방이 좁아서 10명 이내로 신청을 받아 사랑방 대화를 시작하였습니다.

사랑방 대화를 시작하니까 이제 이사 온 새 집은 벌레 집이 될 수가 없었습니다. 먼지 귀신 집이 될 수가 없었습니다. 사람들이 오니까 청소를 하게 되고, 오고가는 사람들마다 그들의 마음속 우주에 살고 있는 정령들이 이사 온 집 곳곳에 생기를 불어넣어 주었던 것입니다.

보통 '악몽'을 꾼다고 하는데 악몽은 오히려 기회입니다. 마음속 우주의 선생님이 넌 이제 변하지 않으면 죽는다는 강력한 메시지를 보내는 거라 생각하면 됩니다. 그렇기 때문에 그 강력한 말씀에 굴복하고 응답하여야 합니다. 이걸 응답의 의무라고 합니다. 어찌할 수 없이 해야만 하는 그러한 운명의 시간이 다가온 것이라 생각하면 좋습니다. 그러한 악몽을 계속 꾸면서도 거기에 응답하지 않고 악몽을 무시하면서 그냥 살다가는 아주 큰일을 당하기 쉽습니다. 갑자기 큰 병이 발견되거나 뜻밖의 큰 사고를 당하거나 하기 쉽습니다. 어떤 사람들은 이런 말을 합니다. 아니 그렇게 건강했던 사람이 갑자기 큰 병이 들어 꼼짝 못하고 누워 있다고. 그러나 갑자기 그런 큰 병이 올 리가 없습니다. 마음속 우주의 선생님은 계속 무의식의 언어, 상징의 언어로 꿈을 통해서 경고를 해왔을 겁니다. 그런데 정작 본인은 그 말씀을 외면한 것이지요.

벌레 꿈을 꾸고 나서 사랑방 대화를 열고 하다보니 자연 이사 온 집에서 벌레 꿈은 꾸지 않았습니다. 만약 내가 벌레 꿈을 무시하고 오포에서 살던 방식대로 살았다면 아마도 계속해서 그러한 벌레 꿈을 꾸었을 것입니다. 그러면 나는 식은땀을 흘리며 잠을 자다 깨어나는 경험을 계속하게 되었겠지요.

꿈을 기억하고 기록하는 것도 중요하지만 실제 꿈이 제시하는 삶의 길을 따라 몸으로 살아야 합니다. 이게 더욱 중요합니다. 벌레의 모습을 하고 온 전령관이 나로 하여금 현실에서 새로운 삶의 길에 들어서게끔 강력한 메시지를 준 것이지요.

아이의 꿈속에 나타난 유령도 아이의 삶을 변화시키는 전령관의 관점에서 보면 좋겠습니다. 그렇게 본다면 꿈 대화를 나누는 선생님이 할 일은 분명해집니다. 아이와 함께 전령관들과 맞서 싸우는 내면의 힘을 기르는 삶의 대안을 찾아보는 일이지요. 몸으로 그 대안의 삶을 살아내야 하는 거지요.

보통 만 8세에서 10세 사이의 아이들도 아빠와 엄마의 관계를 어느 정도는 이해합니다. 그런데 이때의 아이들은 "여전히 즉흥적이고 변덕스러워 감정이 이성을 압도할 때가 많다는 거지요. 이때 아이들은 죄의식을 쉽게 느낀답니다. 아이는 일상에서 일어나는 상황과 그 결과를 믿는 자기 중심적 사고가 강하기 때문에 부모가 이혼하는 직접적인 원인이 자기 때문이라고 믿어버린다는 겁니다. 그러므로 아이에게 모든 일이 아이 탓만은 아니라는 확신을 심어주어야 한다는 것이지요." (『꿈 대화법』, 111쪽)

유령 꿈을 꾼 아이의 엄마는 아이하고 진지한 대화를 하였습니다. 부모의 이혼에 관한 문제를 가족들과 정기적으로 이야기하고 싶은지 아이에게 물었습니다. 아이는 그렇게 하고 싶다고 대답하고, 엄마는 아이에게 궁금한 점은 언제든지 물어보라고 하였습니다.

아이들은 부모로부터 분리되는 불안도 갖고 있는 반면에 독립의지도 갖고 있습니다. 이 아이는 아직 어려서 부모로부터 분리되는 불안의식을 갖고 있는 거지요.

분리 불안이든 독립 의지든 인생의 전환점에서 아이들은 자기 마음속 우주에서 그림자를 만나게 되어 있습니다. 어떻게든 아이들은 마음속 우주에 나타나는 그림자와 직면해야 합니다. 아이들 교육은 자기 마음속 우주에 피할 수 없이 출몰하는 그림자와 어떻게든 직면해서 싸우고 화해하는 삶을 살게끔 심리적인 힘을 길러주는 방향으로 나아가야 하겠지요. 이 정신 놀이가 되지 않고는 아이들은 그 어떤 일을 하더라도 자기 삶의 주인으로 자라나기 힘든 거지요.

문학 예술은 그래서 아주 중요합니다. 학교 현장에서, 가정에서 아쉽게도 요즘 아이들에게는 이러한 정신 놀이가 가능한 문학 예술 교육, 감성 교육은 제대로 이루어지지 않고 있습니다.

저 아이의 내면에 출몰하게 되어 있는 그림자 괴물과 어떻게 건강하게 직면해서 싸워나갈 수 있는 마음의 힘을 기르느냐. 이게 바로 옛이야기를 왜 아이들에게 읽혀야 하는가, 그림책을 왜 읽혀야 하는가 하는 문제에 대한 답이라 할 수 있습니다.

밤마다 마음속 우주에 유령이 나타나는 아이들에게는 부모나 선생님이 아이의 이야기를 먼저 들어주는 봉사를 해주어야 합니다. 꿈 이야기를 듣는다는 것은 부모나 선생님이 먼저 아이에게 들어주는 봉사를 해주는 것이지요. 앞에서도 말했지만 자기에게 들어주는 봉사를 해주는 한 사람만 있으면 그 아이는 절대 절망하지 않습니다.

우리는 문제의 초점을 분명하게 봐야 할 것 같습니다. 엄마와 아빠가 사이가 안 좋아서 또는 사랑이 식어서 싸움을 할 수도 있습니다. 아이들은 그러한 엄마 아빠의 문제는 엄마 아빠의 문제로 이해를 할 수가 있습니다. 여기서 한 가지 꼭 잊지 말아야 할 것은 엄마 아빠가 싸우더라도 아이들에게 먼저 아이의 말을 들어주는 봉사를 해주는 자리에 설 수 있는 최소한의 심리 에너지는 잃지 말아야 한다는 거지요.

유령 꿈을 듣고 엄마는 아이에게 "그래, 엄마 아빠가 앞으로 이혼을 하더라도 너하고 상의를 하겠다"라고 하였습니다. 묻고 싶은 것 있으면 다 물어보라고 하였습니다. 이 점이 가부장의 권위적인 가족제도가 남아 있는 우리 사회와 서양 사회의 한 가지 차이점입니다. 우리도 많이 나아졌지만 그래도 아직 우리는 이런 면에서 서양 사람들한테 좀 배울 점이 있습니다.

얼마 전에 초등학교 선생님에게 이런 이야기를 들었습니다. '부모들이 부부싸움을 할 때 너희들은 어떻게 하느냐'라는 설문 조사를 하였답니다. 6학년 한 반의 50%가 넘는 아이들이 그렇게 싸우느니 부모들에게 깨끗하게 이혼을 권유하겠다고 대답하였답니다. 선생님도 이 대답을 듣고 놀랐답니다.

이혼 그 자체가 문제는 아닙니다. 아이들의 여론 조사를 해보아도 그렇습니다. 6학년만 되어도 아이들이 갖고 있는 가족관은 달라지는 거지요. 엄마 아빠는 저렇게 싸움을 하면서는 행복하게 살아갈 수 없으니 그럴 바에는 오히려 갈라져서 새로운 행복을 찾아가는 것이 더 좋다는 생각을 갖는 거지요. 그런데 아이들이 그런 생각을 갖는다고 해서 엄마 아빠가 자기를 버려도 좋다는 건 절대 아니지요.

아이들은 엄마 아빠가 헤어지더라도 아이들의 이야기를 들어주는 봉사하는 자리에서 엄마는 엄마대로, 아빠는 아빠대로 자신들과의 관계의 끈은 이어간다는 전제가 물론 있는 거지요.

끊임없이 부부가 싸우면서 아이들에게 불안을 학습시키는 어른들이 너무나 많습니다. 이 사람들은 서로 싸우면서도 아이 때문에 헤어지지 못하고 산다고 합니다. 이런 말도 물론 일리는 있습니다. 그러나 그 싸움을 통해서 아이의 마음속에 날마다 저러한 유령이 출몰하는 삶을 강요하고 있다는 생각을 해봐야 하는 것이지요. 싸움이나 불화 그 자체의 문제도 중요하지만 이제는 아이들 마음속 우주를 좀 살피는 그러한 삶을 살아야 하겠습니다.

엄마가 유령이 출몰하는 아이에게 들어주는 봉사를 통해서 아이의 내면에 건강한 엄마의 정령이 들어와 살게 하였습니다. 이러한 실제 삶에서 어른이 아이와 같이 인생의 모험 길을 동행하는 자리에 서는 건 물론 중요합니다. 그러면서 아이들이 홀로 설 수 있도록 다양한 문학 예술을 체험하게 하는 것도 중요하지요. 일 예로 『괴물들이 사는 나라』와 같은 그림책을 읽어주면 아주 좋을 겁니다.

12
괴물들과 놀게 하라

모리스 샌닥이 지은 『괴물들이 사는 나라』란 그림책이 있습니다. 이 그림책에 보면 맥스라는 아이가 장난을 치다가 방에 갇혔습니다. 엄마에게 방에 갇히는 벌을 받고 있는 것입니다. 당연히 벌을 받게 되면 아이의 마음에는 미움과 분노의 감정이 쌓일 것입니다.

맥스라는 아이는 방에 갇히는 고립된 상황에 처했기 때문에 내면(마음속 우주)은 활성화되어 자신의 내면 깊숙한 곳으로 여행을 떠나게 될 것입니다.

고립된 상황에 처하게 될 때 사람은 내면 여행을 합니다. 고민을 하게 되는 것입니다. 이때 억울한 일을 당했다고 생각하면 아이의 마음속 우주에서는 온갖 형태의 괴물들이 나타나면서 아이를 유혹할 것입니다. 아이는 내면 여행을 하면서 자신의 마음속 우주에 존재하는 그림자 인간을 만나게 되는 것입니다.

여기까지는 당연히 생겨나는 하나의 자연 현상이라고 할 수 있습니다. 그런데 문제는 여기서부터입니다. 맥스는 며칠, 몇 달, 몇 년이 걸리는 내면 여행을 통해 마음속 깊은 곳에 존재하는 괴물들이 사는 나라에 도착하였습니다.

이 괴물 나라를 어떻게 이해해야 할까요? 이 괴물 나라는 놀이 세계와 깊은 연관이 있습니다. 이 얘기를 좀 해보겠습니다.

옛이야기를 보면 승냥이나 사자와 같은 조력자도 만나지만 뱀이나 빨간 벌레나 괴물과 같은 관문수호자들도 만납니다. 이 관문수호자와의 싸움이 중요합니다. 관문수호자와의 대결의식을 잃어버려서는 영웅이 될 수 없습니다.

일곱 살 난 어린 아이도 뱀에게 잡아먹히지는 않았습니다. 나도 빨간 벌레의 모습으로 찾아온 관문수호자에게 잡아먹히지 않고 현실에서 내 나름의 길을 찾아갔습니다. 그럴 때만큼은 나도 한 사람의 영웅이 되는 것입니다. 우리 인간은 모두가 순간순간 자기 나름의 수준에서 늘 찾아오는 관문수호자들과의 싸움을 피할 수 없고, 피해서도 안 되고, 그 싸움에 직면해서 이겨내야 합니다. 사람은 누구나 고난 극복의 리듬을 타며 살아야 하는 존재이기 때문에 존재 자체가 한 사람의 영웅적인 자질을 포함하고 있는 것입니다.

신화 공부나 옛이야기 공부를 깊이 있게 하다 보면 사람들이 모두 영웅 또는 개성을 지닌 한 송이 아름다운 꽃으로 보일 때가 있습니다. 그때가 한 단계 사유가 발전해 가는 순간입니다. 이때 온 우주가 내게 연애를 걸어오는 듯한 느낌이 듭니다.

신화 공부를 많이 한 사람들, 마음 공부를 많이 한 사람들은 이런 얘기를 합니다.

라마크리슈나는 이렇게 말하였다.
"시바 신을 예배하고 있던 어느 날이었다. 그 신상의 머리 위에 꽃잎을 바치려던 참이었다. 그 순간 이 우주 자체가 시바 신이라는 깨달음을 얻었다. 또 다른 어느 날이었다. 꽃을 꺾다가 갑자기 모든 식물이 신의 우주적 형상을 꾸미고 있는 꽃다발임을 깨달았다. 그 뒤로는 한 번도 꽃을 꺾지 않았다. 나는 이와 똑같은 방식으로 사람들을 본다. 어떤 사람을 볼 때 그를 신 자신으로 본다. 물결 위에 떠 있는 베개처럼 각 사람은 이리저리 움직이며 대지 위를 걷는 신 자신인 것이다."
라마크리슈나는 눈을 감고 "이것이 전부인가? 눈을 감을 때에만 신이 존재하고 눈을 뜨면 신이 사라지는가?" 하고 말하였다. 그러고는 눈을 뜨고 이렇게 말하였다.
"놀이는 영원을 소유한 사람의 것이며, 영원은 노는 사람의 것이다. (…) 어떤 사람들은 7층에 올라가서 내려오지 못하지만 어떤 이들은 그곳에 올라간 다음 아래층들을 자유롭게 방문한다." (『신의

가면 I 원시 신화』, 40~41쪽)

놀이는 영원을 소유한 사람의 것입니다. 영원은 노는 사람의 것입니다. 놀이 정신이 중요합니다. 그래서 마음 공부 스승들은 삶은 유머러스한 한 판의 놀이라고 말합니다. 내면의 분노와 미움의 감정에 사로잡힌 사람은 놀이 감각을 가질 수 없습니다. 그렇기 때문에 경직될 수밖에 없습니다. 사소한 문제로 격렬하게 싸우는 사람들은 이미 놀이 감각을 잃어버렸기 때문에 자신을 남에게 완전히 투사하여 공격적인 사람이 된 것입니다. 내면의 그림자를 인식하고 대화하는 사람은 그림자에 먹히지 않고 그림자와 친구가 되어 놉니다. 이런 점에서 『괴물들이 사는 나라』는 아주 훌륭한 심리학 교과서이기도 합니다. 아주 훌륭한 마음 공부 책이기도 합니다.

『괴물들이 사는 나라』를 조금 더 보겠습니다.

맥스는 방 안에 갇혀 분노와 미움의 감정에 휩싸여 내면 여행을 하다가 괴물들이 사는 나라에 도착하였습니다. 맥스가 괴물 나라에 배를 대자, 괴물들은 무서운 소리로 으르렁대고, 무서운 이빨을 부드득 갈고, 무서운 눈알을 뒤룩대고, 무서운 발톱을 세워보였습니다. 내면에 살고 있는 그림자 괴물에게 맥스가 먹히느냐, 아니면 그림자의 주인이 되느냐 하는 중요한 시점입니다. 맥스는 괴물들을 보고 호통을 쳤습니다.

"조용히 해!"

맥스는 눈 하나 깜짝 않고 괴물들의 노란 눈을 노려보았습니다. 맥스가 마법을 써서 괴물들을 꼼짝 못하게 하자 괴물들은 맥스를 보고 괴물 중의 괴물이라 하였습니다.

이 장면을 보고 『괴물들이 사는 나라』를 연구하는 사람들은 이런 의문을 제기하기도 합니다. 맥스가 폭력을 써서 괴물들을 제압한 것이 아니냐는 겁니다. 그러나 나는 그렇게 생각하지 않습니다. 맥스가 호통을 쳐서 괴물들을 제압하는 행위는 폭력이 아니고, 맥스가 자기 내면에 존재하는 일종의 관문수호자라고 할 수 있는 괴물들에게 먹히지 않고 싸움에서 이긴 영웅의 모습을 상징한다고 생각합니다. 마음속 우주에 존재하는 그림자에게 완전히 먹힌 존재가 되어서는 곤란합니다. 그러나 그림자 인간을 폭력으로 완전히 제압한 인간도 또한 곤란합니다. 그렇다면 이 맥스가 그림자를 폭력으로 제압한 것인지, 아니면 그림자와 대화를 나누는 영적으로 성숙한 인간이 된 것인지 어떻게 판단할 수 있을까요?

이 그림책에는 이 점을 드러내주는 매우 흥미로운 장면이 있습니다. 여기에 이 그림책의 묘미가 있습니다. 감동을 주는 예술성이 바로 여기에서 나오는 것이지요.

괴물들은 맥스를 괴물 나라의 왕으로 모셨습니다. 그런 다음에

「괴물들이 사는 나라」 시공사

맥스는 큰 소리로 외쳤습니다. "이제 괴물소동을 벌이자!" 맥스는 이렇게 괴물 나라에 가서 괴물들과 흥겹게 놉니다. 노는 장면을 보면 맥스는 괴물들보다 높은 자리에 서 있지 않습니다.

놀이는 아주 많은 걸 상징합니다. 자기 내면에 존재하는 그림자 목숨에 완전히 사로잡힌 사람은 그림자와 절대 건강한 놀이를 하지 못합니다. 그림자 인간을 폭력으로 제압한 사람은 더 말할 것도 없습니다. 자신의 내면에 있는 괴물을 폭력으로 제압한 사람의 무의식은 당연히 어두운 것이지요. 경직되어 있는 것입니다. 폭력으로 억압한 괴물이 다시 나타날까 봐 늘 긴장하게 되는 것이지요. 심리학을 공부하는 사람들은 이렇게 내면에 있는 그림자를 억지로 제압한 사람을 아주 날카롭게 분석하고 있습니다. 심리학자들은 이런 이야기들을 합니다.

자신의 성적인 욕망을 그리스도 앞에 희생했다고 말하는 수녀를 생각해 봅시다. 그녀는 남자에 대해 어떠한 성적인 환상이나 감정도 갖고 있지 않습니다. 그러나 사실상 그녀는 자신의 성적인 측면의 인격 전체를 잘라버린 것뿐입니다. 또 다른 예로 사람들은 흔히 어떤 재능을 잘라버리곤 합니다. 그들은 음악에 재능이 있을 수도 있는데 그러한 창조성은 고된 작업을 의미하기 때문에 "나의 음악성은 개발할 만큼 중요하지 않아. 아무것도 될 수 없기 때문에 피아노 연주를 포기하겠어"라고 결심합니다. 그러한 결정과 더불어 재능은 잘려나갑니다. 그러나 그 사람 안에 음악으로 표현되길 원하는 무엇인가가 있다면 그 분리된 에너지는 흡혈귀가 되어버립니다.
공격성 또한 완전히 분리될 수 없습니다. 사람들은 단순히 '감정이 없다. 어떻게 해도 화가 나지 않는다'고 마음먹습니다. 감정형들이 그렇게 합니다. 그들은 주변 사람들과 조화를 원하기 때문에 자녀들이나 부모가 미칠 듯이 성질을 돋우어도 화가 나지 않는 것처럼 개의치 않습니다. 그들은 모든 것을 용서하는 태도를 취하지만 사실은 보통 사람들과 똑같이 맹렬하게 분노합니다. 하지만 그들은 단지 분노를 원하지 않을 뿐이며 분노를 잘라버리는 데 성공한 것입니다. (『융학파의 꿈 해석』, 127쪽)

억지로 잘라버린 대상은 언젠가는 흡혈귀의 모습을 하고 귀환해 올 수도 있습니다. 억지로 강압적인 방법으로 고행을 한다면서, 종교적인 신념을 갖고 있다면서 자신의 내면에 있는 그림자 괴물을 잘라내 버린 사람들은 자신의 내면에 존재하는 무의식의 그림자 괴물을 외면하고 있는 사람이라고 할 수 있습니다. 이들은 저 맥스처럼 자신의 마음속 괴물을 제압한 다음에 그 괴물들과 같이 놀 수가 없습니다. 맥스는 괴물을 자신의 내면에서 잘라내 버린 것이 아닙니다.

보통 옛이야기를 읽을 때 이야기 속에 나오는 그림자 인물을 권선징악의 관점에서 보려는 사람들은 인간의 마음속 우주에 존재하는 그림자 괴물을 억지로 잘라내 버리는 사람들입니다. 이들의 내면 깊은 곳에서 잘라내 버린 괴물들은 오히려 더 큰 모습으로 더 무서운 모습으로 흡혈귀처럼 자라나고 있을 수도 있습니다. 겉으로는 도덕적인 사람들이 실제로 마음속 우주는 더욱 불안에 쫓기고 경직될 수 있는 거지요.

관문을 통과하는 싸움을 거친 맥스는 아주 유쾌하게 괴물들과 놉니다. 이게 중요합니다. 자신의 내면에 있는 그림자 괴물과 같이 놀 줄 알아야 합니다. 그림자 괴물에게 완전히 영합해 먹히라는 것이 아닙니다. 이게 바로 노자가 말하는 '실자동어실'(失者同於失)하라는 말입니다. 잃어버린 사람은 잃어버린 대로 같이 놀아주는 겁니다. 이 말이 잃어버린 사람과 똑같이 되라는 말은 아닌 거지요. 잃어버린 사람들의 자리로 내려가 그들과 같이 놀아줄 때 나의 내면을 바로 볼 수 있는 거지요. 이럴 때 전체성이 회복됩니다. 괴물들도 나의 마음속 우주에 존재하는 엄연한 하나의 목숨인 것이지요. 그들의 소리를 들을 줄 알아야 합니다. 이런 사람들만이 자신의 내면에 존재하는 그림자 괴물을 다른 사람에게 투사하지 않습니다. 이 그림책 한 권은 이렇게 대단한 철학을 가지고 있습니다.

13
기르는 엄마,
집어삼키는 엄마

꿈은 날마다 꾼다고 하지만 매번 기억할 수는 없습니다. 우리 마음속 우주의 선생님은 우리가 어떤 절실한 문제로 고민하고 있을 때 분명히 꿈을 통해 어떤 메시지를 알려줍니다. 그런데 꿈이 올려주는 메시지는 상징의 언어로 되어 있지요. 우리가 쓰는 직접적인 언어로 되어 있지 않습니다. 그래서 무언가 전환의 순간에 아주 어려운 문제에 직면했을 때 꿈을 꾸기는 했는데 도대체 이 꿈이 나에게 어떤 삶을 살라는 것인지 알쏭달쏭해서 알기 어려울 때가 있습니다. 꿈은 우리 심리 에너지가 어디를 향해 흘러가고 있는지를 가늠하게 해줍니다. 물론 꿈이 올려주는 상징의 언어를 제대로 이해하고 느낄 때에 가능한 이야기라 할 수 있지요.

물론 자신의 마음속 우주의 소리를 듣는 방법은 여러 가지 길이 있습니다. 명상도 있고 기도도 있습니다. 꿈은 날마다 꾸어지지도 않기 때문에 꿈 말고도 다른 기술적인 방법이 필요한 것이지요. 그 방법 가운데 하나로 옛날 사람들은 타로나 주역을 이용하였습니다. 타로나 주역을 즐길 때도 상징의 언어를 이해하는 힘이 필요합니다. 이쪽 이야기도 하면 좋겠지만 여기서는 생략하겠습니다.

옛날 사람들은 옛이야기나 신화를 말로 즐기면서 살았습니다. 옛날 사람들에게 이야기는 그냥 오락으로 즐기는 우스개 이야기가 아닌 그들의 내면을 드러내주고 삶의 방향을 제시해 주는 일종의 경전과 같은 그런 의미가 있었던 것이지요. 말문학은 그런 주술적인 힘을 갖고 있습니다. 책으로 읽는 것과는 또 다른 소리가 주는 힘이 있습니다. 소리는 마음속 우주에 들어 있는 영혼을 깨우는 영적인 힘을 갖고 있는 거지요. 그래서 음악은 아주 힘이 센 영적인 도구인 것이지요. 아주 어릴 때 들었던 가락은 아무리 나이가 먹어도 마음속 우주에서 사라지지 않습니다. 언어는 오히려 쓰지 않으면 잊어버릴 수도 있을 겁니다. 그러나 "아리랑 아리랑" 하면서 주워들은 노랫가락은 아무리 나이가 먹어도 마음속 우주에 숨어들어 정신을 지배하면서 살아가고 있는 것이지요. 그래서 말문학은 대단히 중요합니다.

어릴 때 소리로 들으면서 즐긴 이야기는 나이가 들어서도 잘 잊혀지지 않습니다. 그렇기 때문에 그런 이야기는 다른 사람에게 들려주기가 쉽습니다. 그런데 눈으로 읽은 이야기를 남에게 들려주려면 힘들지요. 무의식이 작동하지 않고 의식으로 이해한 영역이기 때문입니다.

그러니까 옛이야기나 신화를 즐기려면 우리 몸 자체가 상징 활동을 즐길 수 있는 영적인 마음을 회복해야 합니다. 이것을 회복하지 않고는 어른들에게 옛이야기는 그냥 어린 철부지들이 즐기는 우스개 이야기 그 이상이 될 수가 없는 것이지요. 상징 활동의 의미를 이해하고 그 상징을 몸으로 체험하기 시작하면 그때부터 옛이야기는 대단한 힘을 갖고 우리 삶에 들어오기 시작합니다. 그때부터 문학 예술을 즐기는 머리와 가슴이 함께 작동하는 진정한 지성인이 될 수 있는 것이지요.

옛이야기 한 편을 즐기는 행위도 사실은 옛날 사람들에게는 일종의 심리 게임이었습니다. 그러니까 지금 삶에 어떻게 직면해 살아가야 하는가에 대한 방향을 제시해 주는 상징의 말씀으로 이해를 한 것이지요. 그래서 옛이야기는 자연적으로 심리학이라 할 수 있는 것이지요.

여기 옛이야기 한 편을 소개하겠습니다. 소리 내서 읽어보세요. 평안북도 사투리의 맛을 함께 즐겨보시기 바랍니다.

넷날에 어니 산골에 낸 하나이 살구 있드랬넌데 집이 가난해서 놈에 집이 가서 방아품두 팔구 베두 매주고 갸우갸우 살구 있었다. 이 낸은 젖멈이 애기와 대엿으 난 아덜과 딸이 있넌데 품팔레 갈 적에는 집이다 두구 갔다.

하루는 고개 넘어 부재집이 가서 하루 종일 방아품을 팔구 개떡을 얻어개지구 밤늦게 집이루 돌아오넌데 고개 하나를 넘으느꺼니 범이 나와서 길을 막구 그 개떡을 주문 안 잡아먹갔다구 해서 개떡을 주었다. 범은 개떡을 먹구 어데메루 갔다. 고개를 또 넘으느꺼니 아까 그 범이 나와서 머리에 쓴 수건을 벗어 주문 안 잡아먹갔다구 해서 수건을 벗어 주었다. 범은 그 수건을 개지구 어데메로 가삐렜다. 고개를 또 넘으느꺼니 그 범이 나와서 저고리를 벗어 주문 안 잡아먹갔다구 했다. 낸이 저고리를 벗어 주느꺼니 범은 받아 개지구 어데메루 가삐렜다. 또 한 고개를 넘으느꺼니 범이 또 나타나서 초매를 벗어 주문 안 잡아먹갔다구 해서 초매를 벗어 주었다. 범은 초매를 받아 개지구 가삐렜다. 또 한 고개를 넘으느꺼니 범이 나와서 속곳을 벗어 주문 안 잡아먹갔다구 해서 속곳을 벗어 주었다. 범은 속곳을 받아 가주구 갔다. 또 고개를 넘으느꺼니 범이 또 나와서 팔을 떼어 주문 안 잡아먹갔다구 했다. 낸이 팔을 끊어 주느꺼니 범은 팔을 개주구 갔다. 고개를 또 넘으느꺼니 범이 또 나와서 이 낸을 잡아먹었다.

범은 낸을 잡아먹구 낸에 수건을 쓰구 낸에 저고리와 초매를 입구 그 낸에 집이 가서 "아가야 오마니 왔다. 문 열라"구 했다. 목소리가 저에 오마니 목소리가 아니어서 우리 오마니 말소리 아니다 하멘 문을 열어주디 않으느꺼니 범은 내레 먼 길을 오멘 바람을 많이 쐐서 목이 쉐서 그른다구 했다. 아덜은 "오마니 손좀 만져 보자. 문그넝으로 디리 밀어 보라"구 했다. 범이 손을 디리밀어 주느꺼니 맨제보구 "우리 오마니 손은 보들보들한데 이 손은 깔깔하다. 오마니 아니다"구 했다. 범은 "내레 부재집이서 베를 매주느라구 손에 풀이 말라붙어서 깔깔하다. 날래 문 열라"구 과텠다. 아덜은 할수없이 문을 열어주느꺼니 범은 방으루들어와서 언나 젖 먹이갔다구 언나를 안구서 웃굳에 가서 잡아먹었다. 언나를 먹느라구 오뚝오뚝 소리가 났다. 아덜은 "엄매야 머 먹어?" 하느꺼니 부재집이서 콩 닦은거 먹넌다 했다. 나 좀 달라 하느꺼니 범은 언나 손가락을 던데 주었다. 아덜이 이걸 보구 더거넌 오마니 아니구 범이 같다 하구 도망할 생각으루 "엄매야, 나 똥 매리워"했다. 거기서 누어라 하느꺼니 쿠린내 나서 안된다 했다. 고롬 뜨락에서 누라, 밟으문 어카갔네, 고롬 재통(변소)에 가 누어라. 그래서 아덜은 밖으루 나와서 멀리 퉤서 움물역(우물가)에 있던 나무에 올라가 있었다.

아이덜이 띠(똥) 누레 나가더니 오디 안해서 범은 아덜을 얻어(찾아) 보갔다구 나와서 여기 더기 얻어보다가 움물 역에 와서 움물 안을 들다봤다. 움물 안에 있어서 "야덜아 이리 나오라. 날래 나오라"하멘 소리텠다. 그 아덜이 모양이 우스워서 아덜이 히히 하구 웃었다. 범은 웃음소리를 듣구 나무를 테다보구 "너덜 어드렇게 거기 올라가 있네?" 했다. 사내아레 앞집이서 기름 얻어다가 나무에 발르구 올라왔다구 했다. 범은 앞집이 가서 기름을 얻어다 나무에 발르구 올라갈라넌데 미끄러워서 올라갈 수가 없었다. 범은 "너들 어드렇게 해서 올라갔네?" 다시 물으느꺼니 어린 체네래 건넌 집이서 도끄를 얻어다가 그걸루 나무를 띡구 올라왔다구 말했다. 범은 건넌 집이 가서 도끄를 얻어다 나무를 띡으멘 올라왔다. 범이 이 아덜 있넌 데까지 거이거이 올라오게 되느꺼니 아이들은 급해서 하늘에다 대구 "하누님, 우리를 살릴라문 새 동애줄(동아줄)을 내리 주고 죽일라문 썩은 동애줄을 내리 주시요" 하구 빌었다. 새 동애줄이 내리와서 아덜은 이 줄을 타구 하늘루 올라갔다.

범이 나무에 올라가 보느꺼니 아덜은 동애줄을 타구 하늘루 올라가서 범두 하늘에다 대구 빌었다.

"하느님 나를 살리갔으문 새 줄을 내리 보내주고 죽일라문 썩은 줄을 내리시오" 하구 빌었다. 썩은 줄이 내리와서 범은 이거를 타구 올라가넌데 올라가다가 줄이 끊어데서 아래루 떨어뎄다. 범이 떨어진 곳에는 쉬시대(수숫대)를 비어낸 쉬시끄댕이(수수를 베어낸 끌컹이)가 있었넌데 범은 쉬시끄댕이에 찔레서 피를 내구 죽었다. 그래서 쉬시대에는 지금두 범에 피가 묻데 있다구 한다.

아덜은 하늘에 올라가서 사내아이는 달이 되구 체네는 해가 됐다구 한다. (『임석재전집 2』, 125~127쪽)

「해와 달이 된 오누이」 이야기는 여러분들도 다 알고 계시지요.

어떤 엄마가 아이가 너무 속을 썩여서 화가 잔뜩 나 있다고 합시다. 아이가 속을 박박 긁어 놓고 학교엘 갔습니다. 엄마는 집에서 화를 삭이고 있는데 아이 책상에서 『해와 달이 된 오누이』 그림책을 발견하였습니다. 그때 엄마가 이 그림책을 잠시 읽었다고 합시다.

엄마가 마을 잔치에 갔다가 돌아오는 길에 호랑이를 만나는 장면이 나왔습니다. 호랑이는 엄마에게 떡 하나 주면 안 잡아 먹겠다고 해서 떡을 주고 나중에는 옷가지 하나씩 다 벗어주다가 결국은 먹혀버리고 말았습니다.

보통 심리학의 자리에서 이 옛이야기를 보는 사람들은 이런 이야기를 하기도 합니다. 엄마가 지금 자신이 갖고 있는 모든 걸 주고 호랑이에게 먹혔습니다. 떡이며 옷 같은 것들은 의식의 영역에 속하는 상징물들이라 할 수 있습니다. 그 의식의 영역들을 다 빼앗기고 이제 엄마는 알몸뚱이가 되었습니다. 무의식의 영역만이 더 크게 남게 되었습니다. 그때 엄마는 호랑이에게 잡아먹혔습니다. 엄마가 호랑이에게 잡아먹혔다는 건 이렇게도 생각할 수 있는 것이지요.

저 호랑이는 우리가 앞에서 많이 이야기해 본 것처럼 어디에서 나온 것입니까? 산 속 깊은 곳에서 왔다고 먼저 답할 수 있습니다. 그러면 저 산 속 깊은 곳은 우리 인간에게 무엇을 상징하는 겁니까? 그 산 속 깊은 곳은 바로 우리가 태어나기 이전의 영혼의 고향 같은 곳이고 무의식의 깊은 영역이라 할 수도 있는 것이지요. 호랑이는 그곳에서 왔습니다. 또 달리 말하면 호랑이는 어디서 갑자기 떨어져나온 것이 아니고 바로 엄마의 마음속 우주에서 나온 그림자 괴물이라 할 수도 있을 겁니다. 엄마에게는 일종의 관문수호자라고도 할 수 있을 겁니다.

이 책을 읽는 사람이 엄마라면 엄마가 중심이 되어 자기의 자리에서 옛이야기를 즐기면 좋겠지요. 엄마는 자신의 내면에서 나온 호랑이에게 먹혔습니다. 「눈 찔린 동생」 이야기나 「학교에 간 사자」 이야기에서는 주인공들이 먹히지는 않았습니다. 오히려 친구가 되어 같이 살아갔습니다. 그런데 이 옛이야기에서는 엄마가 호랑이에게 먹혀버리고 말았습니다. 살다 보면 사람은 내면의 그림자 괴물에게 완전히 먹혀버리는 경우가 있습니다. 이럴 때는 물론 위험한 순간이고 또한 그 위험한 순간도 누구나 성장을 하면서 거칠 수밖에 없는 인간에게 오는 하나의 시련입니다. 사람은 고난 극복의 리듬을 타고 사는 것이지요.

심리학을 연구하는 사람들은 엄마의 상징도 크게 둘로 나눠 봅니다. 아이를 정성스레 보살피는 따뜻한 엄마의 상징이 있고, 아이를 집어삼키는 엄마의 상징이 있습니다. 엄마의 마음속 우주에는 「해와 달이 된 오누이」에 나오는 아이들을 잡아먹는 호랑이와 같은, 집어삼키는 엄마의 상징이 들어 있다는 것입니다. 아이와 한껏 신경전을 펴고 화가 머리끝까지 나 있는 엄마는 분명 자기 마음속에서 이런 호랑이를 만날 수 있을 것입니다. 어쩌면 자기 마음속 우주에서 이런 호랑이를 만나야 정상입니다. 저 엄마의 마음속 우주에서 살고 있는 아이를 잡아먹는 호랑이를 만나서 그 호랑이와 이야기를 나누고, 맥스처럼 아니면 많은 꿈을 들려준 아이들처럼 호랑이와 같이 놀면서 자기 마음속 우주에 살고 있는 자신의 그림자를 바로 볼 수 있어야 하겠지요. 마음속 우주에 존재하는 자신의 그림자를 제대로 볼 수 있는 마음의 눈을 가진 사람들, 이런 내면의 소리를 들을 수 있는 정신의 힘을 가진 사람들이 아이를 제대로 키워낼 수 있겠지요.

「해와 달이 된 오누이」에서 엄마는 호랑이에게 잡아먹혀 호랑이 엄마가 되었습니다. 호랑이에게 잡아먹혀서 호랑이 뱃속으로 들어가게 된 것입니다. 거꾸로 호랑이는 엄마를 잡아먹어서 엄마의 무의식을 갖게 되었습니다. 그 호랑이가 집으로 가서 이제 어떻게 합니까? 엄마가 왔다고 아이들에게 문을 열라고 하면서 아이들을 꼬여내서 잡아먹으려고 합니다. 그런데 아이들은 엄마 호랑이에게 잡아먹히지 않습니다. 이런 장면을 통해 우리는 아이들도 크게 둘로 나누어 볼 수가 있습니다. 엄마 호랑이에게 잡아먹힌 아이들이 있고, 옛이야기에서 볼 수 있듯이 잡아먹으려는 엄마 호랑이의 유혹을 뿌리치고 어떻게든 그 고난을 이겨내고 스스로 독립해 나간 아이들이 있는 것이지요.

얼마 전에 인생 상담을 하는 신문 기사에서 본 내용입니다. 여기에 그대로 옮겨보겠습니다. 여기에 등장하는 젊은이들은 어머니에게 잡아먹힌 또 달리 말하면 호랑이 엄마에게 잡아먹힌 아이들이라 할 수도 있을 겁니다.

1) 5개월 된 여친의 모녀 관계가 문젭니다. 처음에 모녀 사이가 남달리 좋다고만 생각했습니다. 매사 엄마가 관여를 합니다. 예를 들어 데이트 중에도 모녀간 전화가 끊이질 않습니다. 어떤 영화 보고 뭘 먹을 건지 실시간으로 의논합니다. 싫었지만 시비를 걸 순 없었어요. 딸과 엄마 사이니까. 하지만 어느 날 그녀 집에 갔다 여친 신발을 신겨주는 그녀 엄마를 보고 기겁을 했습니다. 이건 아니지 않느냐. 예쁜 만큼 하늘 높은 줄 모르는 콧대의 여친과 다투기라도 한 날이면 그녀 엄마에게서 어김없이 전화가 옵니다. 어떻게 그럴 수 있느냐고. 그녀 엄마가 너무 부담스럽습니다. 그녀와 엄마를 떼어놓을 수 없을까요?

2) 큰 키에 남자답게 생긴 남친에게 반해 결혼을 약속했습니다. 그런데 그 전까지만 해도 데이트 하며 먹은 음식을 엄마 준다고 따로

챙겨가고 어딜 가든 보고하는 남친을 효자라고만 생각했고 부모와 관계가 소원한 저로서는 그런 게 보기 좋기만 했습니다. 그런데 결혼 준비 과정에서 너무도 큰 스트레스를 받았습니다. 남친은 모든 걸 엄마 취향에 맞추려고 했습니다. 하다못해 그릇 하나도 엄마 취향에 맞추려고 했습니다. 결국 신혼여행지까지 제가 원하는 곳이 아니라 엄마가 원하는 곳에 가겠단 말에 전 폭발하고 말았죠. 엄마하고 신혼여행 가라고 대판 싸운 이후 2주째 전화 한 통 없습니다. 이 결혼 해도 좋은 걸까요? (『한겨레』, 2009.3.12, 6면)

어떻습니까. 더 이야기할 필요가 없겠지요. 우리들은 이러한 예를 보면 '나는 안 그래. 저 사람들은 좀 심하다' 하고 그냥 가볍게 넘어갈 수도 있을 겁니다. 그러나 그렇지 않습니다. 사실 저런 사람들은 우리가 신화에서 보는 원형에 가까운 삶을 현실에서도 직접 그렇게 살아가고 있는 인물들인 거지요. 저 사람들은 자신의 내면에 있는, 집어삼키는 그림자 괴물이라 할 수 있는 호랑이 엄마에게 완전히 먹힌 상태에 있는 것이지요. 그래서 아주 위험한 사람들입니다. 마음 안과 밖이 소통이 되어야 할 텐데요. 마음속 우주에만 갇혀 사는 사람들도 문제고, 마음 밖에만 사로잡혀 온갖 일에 끄달리며 살아가는 사람들도 문제겠지요. 양쪽 다 위험합니다. 이들은 건강한 정신 놀이를 하기가 어렵습니다.

옛이야기 한 편을 읽으면서도 우리는 이렇게 자신의 심리 에너지 흐름을 파악할 수 있습니다. 문학 예술을 즐기려면 우리에게는 사유의 힘이 필요하지요. 이성의 논리로는 잘 이해할 수 없는, 집어삼키는 호랑이 엄마가 갖고 있는 영적인 심리 에너지를 몸으로 느끼는 직관의 감각이 필요합니다. 감성의 힘이 필요한 것이지요. 그러면서도 물론 그러한 직관을 의식화시키는 이성의 힘 또한 필요합니다.

흔히들 우리 근대인들은 머리에서 가슴까지의 거리가 가장 멀다고 합니다. 우리는 태어날 때 원시 자연의 상태에서 우리 조상들이 살아왔던 영혼의 모든 영역들을 갖고 태어났습니다. 그러한 영적인 기운들이, 감각들이, 감성들이 근대 교육을 받으면서, 자연이 개발되면서 생태가 파괴되듯이 그렇게 파괴되었다고 볼 수 있습니다. 자연을 회복해야 한다는 말은 눈에 보이는 자연 환경만을 말하는 것이 아닙니다. 우리 마음속 우주의 생태계 또한 아주 심하게 파괴되어 있다는 것이지요. 마음속 우주 생태계의 복원 또한 필요합니다. 자연과학을 하는 사람들이 마음 밖 우주 생태계의 회복을 위해 노력하는 사람들이라면, 문학 예술을 하는 사람들은 마음속 우주 생태계의 회복을 위해 일하는 사람들이라 할 수 있겠지요.

심리학을 연구하는 사람들은 이런 말들도 합니다. 근대 심리학이란 가부장의 관점에서 바라본 남성 중심의 논리가 개입된 학문 영역이란 비판도 합니다. 오이디푸스 콤플렉스도 결국은 아버지의 권위에 복종할 수밖에 없는 서사를 만들어낸다는 것입니다. 이런 비판도 주의 깊게 들어두면 좋겠습니다. 아울러 여성들의 관점에서 본 새로운 심리학도 많이 연구해 보면 좋겠습니다.

14
내 안의 착한 사람, 나쁜 사람 마주하기

옛이야기를 아이들과 즐길 때 아주 중요한 문제가 또 남아 있습니다.

동화 공부하는 사람들에게 옛이야기 하면 떠오르는 말이 무엇이냐고 물으면 꼭 빠지지 않고 나오는 대답이 있습니다. 어떻게 이런 대답이 옛이야기를 드러내는 하나의 상징 코드로 자리잡게 되었는지 모르겠어요. 아마도 근대 교육 때문일 겁니다.

옛이야기 하면 즉흥적으로 나오는 대답이 '권선징악' 입니다. 물론 겉으로 드러난 결과만 보면 옛이야기에 권선징악의 모티프가 숨어 있습니다. 그렇다 하더라도 옛이야기의 본질이 '권선징악' 에 있다고 나는 생각하지 않습니다. 권선징악 하면 세상을 선과 악의 관점에서 딱 둘로 갈라놓는 이분법의 사고가 작동하는데, 세상은 결코 그렇게 선과 악으로 딱 나누어지지 않는 부분이 있는 거지요.

어느 자리에서 누구의 시각에서 보느냐에 따라서 세상의 모습은 선이 될 수도 있고 악이 되기도 합니다. 지금 내가 하는 말을 오해해서는 안 됩니다. 선과 악의 판단을 해서는 안 된다는 말이 아닙니다.

여기 「꽃 피우는 할아버지」라는 옛이야기 한 편을 소개해 보겠습니다. 일본 사람들이 즐겨 읽는 대표적인 옛이야기 가운데 한 편입니다.

옛날에 한 할아버지가 살았습니다. 할머니도 없이 개와 함께 살았습니다. 봄이 와도 밭을 갈 수 없었습니다. 농기구가 없었습니다. 그래서 다른 집이 밭을 다 갈고 나서야 농기구를 빌려 밭을 갈러 나갔습니다. 밭을 가는데 같이 따라온 개가 자꾸 짖었습니다. 왜 저렇게 짖나 보았더니 개가 땅을 발로 긁으며 여기를 파보라고 하였습니다. 할아버지는 개가 시키는 대로 땅을 파보았습니다. 땅을 파보니까 땅 속에서 금돈과 은돈이 쏟아져나왔습니다. 할아버지는 금돈, 은돈을 가져와서 "야, 이제 굶어죽지는 않겠다. 이 금돈, 은돈이 있으니 이제는 편히 먹고 살 수 있겠다" 하면서 좋아하였습니다.

그런데 이 소식을 옆집에 살고 있던 마음씨 나쁜 할아버지가 들었습니다. 나쁜 할아버지는 "여보게, 자네가 밭에 나가서 금돈 은돈을 많이 구했다는 이야기를 들었네. 내게 그 개 좀 빌려주게나" 하고 말하였습니다. 그러자 착한 할아버지는 그러게나 하면서 선뜻

개를 내주었습니다.

마음씨 고약한 할아버지는 개를 데리고 밭으로 나가 땅을 일구면서 개가 짖기만을 기다렸습니다. 그런데 아무리 기다려도 개가 짖지 않았습니다. 나쁜 할아버지는 "어서 짖어! 어서 짖어!" 하면서 개를 다그쳤습니다. 그제야 마지못해 개가 짖기 시작했습니다. 나쁜 할아버지는 "어, 여길 파보란 말이냐" 하면서 부리나케 땅을 파기 시작하였습니다. 땅을 한참 파들어가다 보니까 구덩이에서 온갖 오줌똥 같은 오물이 쏟아져나왔습니다. 나쁜 할아버지는 분을 참을 수가 없었습니다. "이놈이 버르장머리 없이 사람을 놀리나" 하면서 그 자리에서 돌로 쳐서 개를 죽이고 말았습니다.

일단 여기까지만 봅시다.

이야기 속에는 두 성격의 할아버지가 나옵니다. 착한 할아버지가 있고 나쁜 할아버지가 있습니다. 여러분은 이 옛이야기의 끝부분은 안 들어도 맞힐 수가 있을 것입니다. 분명 저 나쁜 할아버지는 어떤 형태로든 벌을 받게 될 것입니다. 이 이야기는 일단 나중에 좀더 탐구해 보기로 합시다.

중요한 건 옛 이야기 속에 등장하는 저 빛이 되는 인간과 그림자가 되는 인간을 어떻게 봐야 하는가 하는 문제입니다.

사실 선과 악을 상징하는 저 두 인물은 우리 마음속 우주에 모두 들어 있습니다. 그러니까 착한 할아버지도 나의 분신(내적 인격)이고, 나쁜 할아버지도 또한 나의 분신(내적 인격)인 것이지요. 이렇게 보면 옛이야기를 보는 관점이 확 달라집니다. 옛이야기 주인공은 착한 사람을 중심으로 해서 흘러가는 듯 보이지만 그렇지만은 않습니다. 옛이야기는 착한 할아버지와 나쁜 할아버지, 이 두 인물 모두에게 바탕을 두고 있습니다.

옛이야기 연구가 막스 뤼티는 우리에게 흥미로운 질문을 합니다. 우리 인간은 단색의 인간인가, 혼합색의 인간인가? 단색의 인간이라 생각하는 사람들은 자기 자신을 한 번 더 돌아볼 필요가 있습니다. 위 옛이야기를 보면 착한 할아버지는 착한쪽으로의 삶만을 일관되게 살아갑니다. 나쁜 할아버지는 나쁜 쪽으로의 삶만을 일관되게 살아갑니다. 이 두 인물은 한 가지 성격의 삶만을 살아가는 단색의 인간들입니다.

우리 마음속 우주에는 저 두 빛이 되는 색깔과 그림자가 되는 색깔의 인간이 함께 들어 있습니다. 착한 할아버지는 자기에게 금돈과 은돈을 가져다준 보배와 같은 개를 이웃집 할아버지가 빌려달라니까 선뜻 내어줍니다. 우리 인간의 내면에는 저러한 무소유의 삶을 살아갈 수 있는 인간, 자기에게 가장 귀한 것을 기꺼이 내어주는 빛이 되는 인간이 들어 있습니다. 실제 삶에서도 저러한 빛이 되는 삶을 살아가는 깨우친 사람들을 만날 수가 있습니다. 세상에는 가만히 보면 자신이 깨우친 사람인 줄 모르는 채 깨우친 삶을 살아가는 드러나지 않는 선한 사람들이 아주 많습니다.

그러나 또 한편으로는 저 나쁜 할아버지 같은 인물 또한 우리 마음속에는 들어 있습니다. 저렇듯 자기 욕심만을 철저히 챙기는 사람도 우리 주위에서 얼마든지 볼 수 있습니다.

그런데 문제는 저렇게 빛과 그림자가 되는 인물이 우리 마음속 우주 안에서는 밀가루 반죽처럼 하나로 뭉쳐져 우리 내면의 인격을 이루고 있다는 겁니다. 그래서 사람들은 빛과 그림자가 한데 뒤섞여 있어 명쾌하게 드러나지 않는 자신의 양 극단, 대극의 성격을 보기 힘든 경우가 많습니다.

옛이야기는 우리 마음속에 들어 있는 이 두 대극의 성격을 선명하게 보여주고 있습니다. 마치 밀가루 반죽을 서로 떼어내어 이야기 평면 위에 선한 인간 악한 인간으로 나누어 우리 내면에 들어 있는 두 대극의 인간성을 보여주는 듯합니다.

한 인간이 성숙하려면 우리 내면에 들어 있는 그림자 인간을 잘 볼 수 있어야 합니다. 그림자 인간과 대화가 가능해야 합니다.

신문에 이런 기사가 실렸습니다.

결혼기념일에 각자 서운했던 감정을 털어놓던 40대 맞벌이 부부가 말다툼 끝에 서로 주먹을 휘둘러 경찰에 입건됐다. 서울 구로 경찰서는 11일 김모씨(43)와 부인 김모씨(40)를 폭행혐의로 불구속 입건했다. 이들은 결혼 18주년 기념일인 지난 10일 오후 10시쯤 자축 외식을 마치고 집에 돌아온 뒤 주먹을 휘두르고 할퀴는 등 서로 폭행한 혐의를 받고 있다. 이들은 귀갓길에 그동안 쌓였던 불만을 얘기하다 말다툼을 시작해 몸싸움까지 이른 것으로 밝혀졌다. 부인이 남편에게 "집에 좀 일찍 들어왔으면 좋겠다"고 하자, 남편이 "살림에 좀더 신경 썼으면 좋겠다"고 맞받아친 게 발단이었다. 이에 부인이 "그동안 내가 못한 게 뭐가 있느냐"고 화를 냈고 집에 도착한 후 몸싸움으로 번졌다. 경찰은 "부부가 상대방 처벌을 원해 형사처벌이 불가피하다"고 말했다. (『경향신문』, 2009. 3. 12, 10면)

이러한 기사를 보면 결코 웃을 일이 아닙니다. 살면서 저러한 경험은 부부 사이에 얼마든지 있을 수 있는 일이고 아마 누구든 한 번씩 해보았을 겁니다.

한 인간이 자신의 내면에 들어 있는 그림자 인간을 보려 하지 않을 때 저렇게 공격적인 투사의 폭력이 일어납니다. 내면에 쌓였던 분노의 감정은 누군가를 향해서 화살이 되어 날아가게 되어 있습니다. 보통 사람들은 자신의 내면에 쌓인 분노를 자기도 모르게 폭발해 놓고 그때서야 정신이 번쩍 들어 자책을 하기도 합니다. 이러면 그래도 다행입니다. 위의 경우와 같이 자기 내면의 그림자 인간과 전혀 소통이 되지 않을 때 극단의 길을 향해 달려가며 자신도 내면에서 일어나는 분노를 어찌하지 못해 그 분노에 사로잡혀 버릴 때가 문제입니다.

보통 한국과 같은 가부장 사회에서 남자는 오류가 없는 빛이 되는 인간, 단색의 자리에 서려 합니다. 그렇기 때문에 무슨 문제가 생기면 아내에게 자기 그림자를 전부 투사하여 네 탓으로 돌리며 신경질을 냅니다. 예전에 아내들은 기꺼이 남자가 투사하는 분노의 대상이 되어주었습니다. 그러나 이제는 시대가 변하면서 아내들도 일방적으로 수용하고 복종하고 인내하는 자리에만 서 있지 않습니다. 어떤 점에서는 싸우는 게 더 건강할 수가 있습니다. 어느 한쪽에서 일방적으로 눌려 대결 의식을 잃어버린 사람들이 더 큰 문제를 일으킬 수 있는 것이지요.

싸움의 행위 자체가 문제가 아니라 저 부부가 자기 내면의 그림자 인간을 보았다면 저 두 사람의 대화는 아마도 다른 방향으로 흘러갔을 것입니다. 요즘 꿈을 기록하면서 나는 저러한 부부들을 볼 때마다 궁금한 점이 있습니다. 저 사람들은 도대체 어떤 꿈을 꿀까 궁금합니다.

동화는 심리학입니다. 옛이야기나 꿈이나 신화를 보면 쉽게 알 수 있습니다. 예전 청주에서 동화 공부하는 사람이 들려준 한 아이의 꿈 이야기입니다. 아이들과 책 읽기 모임을 하는데 한 녀석이 "에이 오늘은 되게 불길한 날이에요. 그러니까 아무것도 시키지 마세요" 하더랍니다. 선생님은 아이한테 무슨 일이 있나 궁금해서 왜 그러냐고 물었답니다. 그래도 불길한 날이라고 아무것도 시키지 말라 그래서 '이 녀석이 장난치는 게 아닌가' 하는 생각에 떡볶이 사오는 심부름을 억지로 시켰답니다. 아이가 하도 불길한 날이라 그래서 심부름을 시키면서도 찜찜하긴 하였는데 다행히 아무 일 없이 떡볶이를 사왔답니다. 뒤에 녀석이 하는 말이 오늘 아주 불길한 꿈을 꾸었다는 거예요.

식구들하고 어디를 놀러가기 위해 배를 탔답니다. 배를 타고 가는데 갑자기 비바람이 몰아치더니 배가 뒤집히더라는 겁니다. 아이는 있는 힘을 다해서 헤엄을 쳐서 엄마를 구하고 동생도 구했답니다. 그런데 아버지만은 녀석이 구하지 못했다는 거예요. 꿈속에서 아버지를 구하지 못한 일이 녀석에게는 아주 불편한 진실로 다가온 것이지요.

녀석의 초자아는 아버지를 구해야 된다고 명령하는데 무의식은 아버지를 구하고 싶지 않았던 것입니다. 이 불편한 진실 앞에서 녀석은 지금 당황하고 있는 거지요.

우리는 왜 옛이야기나 신화를 읽는가. "그냥 단순하게 재미있으니까 읽는다." 이렇게 말들 합니다. 재미로만 읽어도 물론 좋지만 옛이야기나 신화나 동화나 꿈에는 우리 내면의 심리가 반영되어 있습니다. 인간 존재의 본질을 탐구하는 아주 좋은 재료가 되는 것이지요.

만약에 앞에서 말한 두 부부가 자기 꿈을 서로 얘기하고 그 꿈 상징에 대해서 얘기를 하고 하였다면 결코 저러한 극단적인 상황까지는 가지 않았을 겁니다. 옛이야기를 즐기는 사람들이라 해도 그럴 겁니다.

옛날 여성들은 남자가 가족 구조 내에서 자기 내면의 그림자 인간을 보려 하지 않고 문제의 원인을 아내에게 돌리며 온갖 분노의 감정을 쏟아낼 때 그 가부장의 권위적인 언어를 그대로 받아들이는 자리에 주로 서 있었습니다. 그래서 여성들이 우울증 환자가 많게 된 것입니다.

아마도 서로를 고발하고 만 두 부부의 무의식은 날마다 이건 아닌데 하는 불편한 진실을 몸으로 느끼며 살았을 겁니다. 그런데 도대체 이 불편한 진실이 무엇인지, 그 진실의 실체를 캐고 탐구하려는 삶의 의지, 삶에 직면하는 대결 의식을 회피하며 살아온 것이지요. 그러다가 어떤 계기가 왔을 때 저렇게 두 사람의 몸 안에 쌓였던 분노가 활화산처럼 터져 상대를 향해 비수처럼 날아가는 것이지요.

사실 저렇게 강력하게 싸우는 부부에게는 겉으로는 드러내지 못한 심리적인 원인이 분명 숨어 있습니다. 18년이나 함께 살아온 부부라면 어떤 부부라도 내면 깊숙한 마음속 우주에는 '건강한 분리에의 소망' 이 깃들어 있을 겁니다. 서로가 맞벌이를 하니 경제적인 능력도 있는 것이고, 이제는 반환점을 도는 중년의 나이에 접어들었으니 서로 구속하지 않고 자유로운 영혼의 자리에서 친밀감을 느끼며 따로 또 같이 자연스럽게 살고 싶은 분리에의 소망이 생겨나는 것입니다. 그런데 저 부부는 건강한 분리에의 소망을 오히려 왜곡된 방법으로 서로에게 투사하고 있는 것이지요.

부인이 남편에게 집에 좀 일찍 들어왔으면 좋겠다는 말은 애정의 표시가 아닌 것이지요. 아마 이 말에는 같이 맞벌이 하는데 '왜 너는 집안일을 소홀히 하느냐. 나에게만 집안일을 다 맡기느냐' 는 원망이나 미움의 감정이 섞여 있었을 겁니다. 말 속에는 늘 사람의 무의식을 건드리는 에너지가 들어 있습니다. 그게 바로 콤플렉스입니다. 상대가 갖고 있는 콤플렉스를 건드리면 18년 결혼기념 외식의 자리도, 아무리 화기애애하게 돌아가던 자리도 저렇게 삽시간에 분노의 불바다가 될 수 있습니다. 그래서 융은 콤플렉스를 쥐덫에 비유하였습니다. 한번 저 콤플렉스라는 쥐덫에 걸려들면 그 사람은 그 속에서 빠져나오지 못하고 맴돌기만 하게 된다는 것입니다.

콤플렉스는 양면의 요소가 있습니다. 콤플렉스를 제대로 인식해서 의식화시키면 오히려 나를 다시 창조하는 보물창고로 만들 수 있습니다. 그러나 대개의 인간은 그렇지 못합니다. 콤플렉스라는 쥐덫을 사람들은 스스로 자기 마음속 우주에 설치해 놓고 살아갑니다. 아무리 피하려고 해도 살다 보면 그 쥐덫에 걸려들지 않을 수가 없습니다. 아마도 저 아내의 말은 남편의 내면에 설치되어 있는 '이제는 아내하고 건강하게 분리해서 살고 싶은데 그게 잘 안 된다'는 콤플렉스를 건드렸을 겁니다. 그러니까 저 남편은 자신의 콤플렉스를 건드리는 아내의 말에 오늘이 결혼기념일인 것도 잊어버리고, 그동안 쌓였던 감정을 풀어놓자고 외식까지 하고 났음에도 불구하고 콤플렉스 쥐덫에 사로잡혀 저와 같은 행동을 하고야 만 것입니다.

남편이 아내에게 살림에 좀더 신경을 썼으면 좋겠다고 한 말 또한 아내의 콤플렉스를 건드렸을 겁니다. 아내는 아내대로 이제는 남편하고 건강하게 분리해서 살고 싶은데 그렇게 하지 못한다는 콤플렉스를 갖고 있었을 겁니다.

그런데 그 콤플렉스를 남편이 건드렸습니다. 콤플렉스를 위로해 주는 언어가 아니고 오히려 자극하는 언어를 사용한 것입니다. 아내 또한 자기 마음속 우주에 생겨난 콤플렉스 쥐덫에 걸려 있는 것입니다.

이야기를 돌려서 다시 옛이야기로 돌아가 봅시다.

아무리 기다려도 나쁜 할아버지는 개를 데려다주지 않았습니다. 착한 할아버지는 나쁜 할아버지한테 가서 그 개가 어떻게 되었느냐며 돌려달라고 하였습니다. 나쁜 할아버지는 무슨 놈의 개가 그렇게 버르장머리가 없느냐고 그간 있었던 이야기를 하면서 내가 죽여버렸다고 대답하였습니다. 착한 할아버지는 죽은 개를 집 마당에 묻고, 무덤 표시 나무를 해놓았습니다. 그런데 그 나무에 물을 주자 쑥쑥 하루가 다르게 자랐습니다.

나무가 하늘에 닿을 듯 크게 자라자 착한 할아버지는 죽은 개에게 맛있는 밥이라도 해주어야겠다 생각하고 나무를 잘라서 절구를 만들었습니다.

절구에 쌀을 넣고 빻았더니 또 금돈, 은돈으로 변하였습니다.

나쁜 할아버지는 이 소식을 듣고 또 절구를 빌려달라고 찾아왔습니다. 착한 할아버지는 두말없이 절구를 빌려주었습니다.

나쁜 할아버지가 절구에 쌀을 넣고 빻았더니 이번에도 금돈, 은돈은 안 나오고 또 온갖 오줌과 똥이 뒤범벅이 된 쓰레기만 나왔습니다. 화가 난 나쁜 할아버지는 절구를 부수어 불에 태워버리고 말았습니다.

며칠이 지나서 착한 할아버지가 나쁜 할아버지를 찾아왔습니다. 절구는 부수어 불에 태워버렸단 얘기를 들었습니다. 착한 할아버지는 그럼 그 재라도 달라 하였습니다.

재를 가지고 온 착한 할아버지는 그것을 죽은 나무에 뿌렸습니다. 그랬더니 죽은 나무에서 꽃이 피었습니다. 이때부터 착한 할아버지는 동네를 다니면서 죽은 나무에 재를 뿌려 꽃을 피워주는 '꽃 피우는 할아버지'가 되었습니다.

하루는 이 소식을 듣고 마을 원님이 착한 할아버지에게 꽃을 한번 피워보라고 하였습니다. 할아버지는 동산에 올라가 마을을 향해 재를 뿌렸습니다. 온 마을에 꽃이 함빡 피어났습니다. 이걸 보고 원님은 또 금돈, 은돈을 주었습니다. 이 소식을 듣고 나쁜 할아버지도 아궁이에 남은 재를 갖고 꽃을 피울 수 있다며 원님에게 나섰습니다. 원님 앞에서 나쁜 할아버지는 재를 뿌렸습니다. 그런데 바람이 불면서 이 재가 원님의 눈구멍, 귓구멍으로 막 들어갔습니다. 원님은 "이놈은 가짜다" 하면서 나쁜 할아버지를 오랏줄에 묶어 감옥에 가두었습니다.

이 이야기에는 착한 할아버지와 나쁜 할아버지가 나옵니다. 이야기의 흐름과 결과만 놓고 보면 나쁜 할아버지는 정말 벌을 받았습니다. 그러니까 권선징악의 의미가 들어 있다고 볼 수 있겠습니다. 그러나 우리는 여기에서 우리 내면을 제대로 들여다보아야 합니다. 분명 옛이야기를 지도하는 어른들이 이러한 이야기를 아이들에게 읽히고 나서 "이것 봐라. 나쁜 짓하면 이렇게 벌을 받는 거야" 하면서 도덕적인 면만을 강조한다면 옛이야기의 본질을 제대로 탐구하기가 힘듭니다.

권선징악의 자리에서만 옛이야기를 보려 한다면 착한 사람과 자신을 동일시하면서 나쁜 사람은 일종의 악의 세력으로 간주하고 자기 내면과의 관계에서 배제하는 관념을 가질 수가 있습니다. 어릴 때 선한 인간과 자신을 동일시하는 것이 꼭 나쁘다고만 볼 수 없지만, 악의 세력을 자신의 삶에서 배제하다 보면 자기 내면의 마음속 우주에 존재하는 악의 그림자는 보지 못하는 자기 중심적인 인간이 될 수도 있다는 것이지요.

이런 사람은 자기는 늘 선하다는 고집쟁이가 되어서 자신의 내면에 존재하는 악의 요소를 남에게 투사하면서 어떤 불쾌한 일이 벌어졌을 때 내 탓이 아닌 남의 탓으로만 돌리는 성향으로 발전할 수도 있다는 겁니다.

우리들은 어린아이들에게 옛이야기를 읽힐 때 이런 질문도 할 수 있어야 합니다.

'여기에 존재하는 나쁜 할아버지는 너의 마음속 우주에도 존재할 수 있다. 그러니 우리는 어떻게 살아야 하느냐. 내 마음속 우주에 존재하는 저 나쁜 할아버지와 어떤 관계를 유지하며 살아야 하느냐.' 이런 물음을 한다면 옛이야기를 또 다른 관점에서 즐길 수 있을 겁니다.

자기 내면의 그림자를 보지 못할 때 앞에서 말한 대로 두 부부가 극한의 갈등과 싸움 쪽으로 달려갈 수 있습니다. 부부싸움 그 자체가 나쁜 것은 아니라 할지라도 싸움을 한 뒤에 '자신의 내면에 존재하는 그림자를 남에게만 투사한 것이 아닌가' 하고 물을 수 있어야 합니다. 나는 마치 아무런 문제가 없는 것처럼 자기 자신의 한계(그림자)는 외면하고 남에게 내가 보지 못하는 그림자를 투사하며 전가하다 보면 당연히 공격적인 사람이 되고 맙니다. 이런 자신을 돌아볼 수 있어야 합니다. 대극의 합일을 이루는 관점에서 자신의 내면을 바라보는 사람은 늘 전체성을 잃어버리지 않기 때문에 싸워야 할 때 싸우고 물러서야 할 때 물러설 줄 아는 지혜를 발휘하여 세상을 현명하게 살아갈 수 있을 것입니다.

우리는 가끔 정말 괴물 같은 끔찍한 인간들이 출현하여 모두가 가슴을 졸이는 때가 있습니다. 왜 우리가 사는 인간 세상에 이런 괴물 인간이 출현하는 걸까요? 이 괴물 인간은 도대체 어떤 삶을 거치며 살아왔던 걸까요?

길가에서 지나가는 사람에게 마구 총질을 해대는 '묻지 마 살인'을 하는 사람의 내면은 엄청난 분노와 미움의 감정이 쌓여 자신의 그림자를 밖으로 투사해 그러한 살인을 하였다고 볼 수 있을 겁니다.

우리가 대극의 합일을 이야기하고 그림자와의 대화를 이야기하는데 이 그림자 인간에게 완전히 사로잡힌 인간이 되어서는 곤란합니다. 이게 참 어렵습니다.

우리 마음속 우주 안에 그림자 인간이 존재한다는 사실을 알 때 그 그림자 인간과 대화하고 소통하는 사람은 철학자가 되고 사유하는 인간으로 성장합니다. 그냥 그림자 인간에게 먹혀버린 사람과 그림자 인간과 대화하는 사람은 완전히 다른 차원의 인간입니다. 대화할 줄 알아야 합니다. 이게 곧 정신 놀이입니다. 우리 마음속 우주에 존재하는 그림자와 대화할 줄 아는 인간은 자신의 내면을 자기에게 유리한 쪽으로만 투사하여 억지로 나만을 강요하거나 주장하지 않고 끊임없이 소통하고 배려하며 놀이를 즐기듯 삶을 탐구해 나갈 것입니다.

자기 내면의 그림자와 대화하는 지혜를 얻어야 합니다. 그 지혜를 돕는 작업이 바로 옛이야기 교육입니다. 동화 교육인 거지요. 앞에서 우리가 살펴본 「괴물들이 사는 나라」에서 맥스는 자신의 내면에 있는 그림자 괴물에게 사로잡히지 않았습니다. 괴물 나라의 왕이 되어 그들을 억압하지 않고 같이 신나게 놀았습니다. 그림자를 보되 그 그림자와 함께 놀 수 있는 마음의 여유와 사유의 능력을 가져야 합니다.

서로를 고발한 그 부부들이 만약에 꿈을 기록하였다면 또 달라졌을 겁니다. 그렇다면 그 꿈에는 아이들의 꿈에서 보았듯이 수많은 그림자 전령들이 이제는 당신들의 삶에 변환의 시점이 다가왔다는 걸 알려주었을 겁니다. 변형의 때가 무르익었음을 알리는 무수한 관문수호자들이 온갖 형태의 모습으로 꿈속에 나타났을 겁니다. 그러면 거기에서 다시 사유가 시작되는 것이지요. 어쩌면 수많은 관문수호자들이 밤마다 꿈에 나타나는데도 그 부부들은 정령들을 외면하며 살아갔는지도 모릅니다. 그럴 때도 내면의 소리를 듣지 못하니 저렇게 콤플렉스 쥐덫에 걸려들 수밖에 없었을 겁니다.

어릴 때부터 옛이야기를 즐기고 자란 아이들은 순하다고 합니다. 그건 너무나 당연한 일입니다. 마음속 우주에 무수한 정령들이 살고 있기 때문입니다. 그 정령들은 마음속 우주를 풍요롭게 가꾸면서 언제든지 어떤 일이 생기면 다양한 이야기를 자아에게 올려보내주기 때문이지요. 그 이야기를 먹고 마음 밖 우주를 살아가는 자아는 늘 유머러스하게 심리 에너지를 유지할 수 있는 거지요.

15
아이들 몸속에는 꾀쟁이 영웅이 산다

얼마 전 천안 아산 지역 초등학교 선생님들과 동화 공부하면서 나눈 이야기를 한 가지 해보겠습니다. 초등학교 교과서에 실린 옛이야기를 놓고 선생님들과 토론을 한 적이 있습니다. 그때 교과서에 실린 옛이야기 관련 글들을 보면서 나도 놀랐는데요. 상당히 문제가 많았습니다. 그 가운데 한 작품만 여기 소개해 보겠습니다.

초등학교 1학년 아이들에게 읽히는 「떡시루 잡기」란 글입니다. 내용이 길지 않기 때문에 일단 본문을 옮겨보겠습니다.

> 어느날 호랑이와 두꺼비가 떡을 만들어 먹기로 하였습니다. 호랑이와 두꺼비는 똑같이 쌀을 한 바가지씩 가져다가 떡을 쪘습니다. 김이 모락모락 올라왔습니다. 군침이 저절로 돌았습니다.
>
> 맛있는 냄새가 솔솔 나자, 호랑이는 떡을 혼자 먹고 싶은 생각이 들

었습니다. 그래서 두꺼비에게 말하였습니다.

"두꺼비야, 우리 떡시루를 산꼭대기까지 가지고 가자. 거기에서 떡시루 잡기 내기를 하자."

"어떻게 하는데?"

"떡시루를 산 아래로 굴린 다음, 쫓아가 먼저 잡는 쪽이 떡을 다 먹는 거야."

이 말을 들은 두꺼비는 기운이 쏙 빠졌습니다. 보나마나 자기가 질게 뻔하였기 때문입니다.

두꺼비는 천천히 다시 한 번 생각하여 보았습니다. 잠시 뒤에 좋은 생각이 떠올랐는지 자신 있게 말하였습니다.

"좋아, 내기를 하자."

그래서 호랑이와 두꺼비는 떡시루를 가지고 산꼭대기로 올라갔습니다.

"하나, 둘, 셋!"

호랑이와 두꺼비는 떡시루를 힘껏 굴렸습니다. 떡시루는 산 아래로 떼굴떼굴 굴러갔습니다. 걸음이 빠른 호랑이는 '어흥' 소리를 내며 떡시루를 쫓아갔습니다.

그런데 떡시루가 떼굴떼굴 굴러가면서 그 안에 들어 있던 떡이 조금씩 밖으로 떨어져 나왔습니다. 호랑이는 그것도 모르고 떡시루를 잡을 생각에 열심히 달리기만 하였습니다.

산꼭대기에서 이 모습을 내려다본 두꺼비는 배꼽을 쥐고 '깔깔깔'

웃었습니다.

"내 그럴 줄 알았다니까. 인제 천천히 떡을 주워 먹어 볼까?" (『국어 읽기 1-2』(7차교육과정), 76~79쪽)

이야기는 이게 다입니다. 이 옛이야기에는 몇 가지 문제점이 있습니다.

옛이야기는 입에서 입으로 전해 온 말문학입니다. 귀로 듣는 문학입니다. 어린아이들은 글을 깨우쳤다고 하더라도 아직 문체의 맛을 느끼며 읽는 단계에 와 있지 않습니다. 귀로 듣는 입말에 더 익숙한 것이지요. 그렇기 때문에 어린아이들이 읽는 좋은 동화 문장은 소리 내서 읽어줄 때 입말의 리듬을 탑니다.

마찬가지로 옛이야기를 글로 옮긴 문장은 소리 내서 읽을 때 흥이 나야 합니다. 선생님이 아이들에게 위 교과서 옛이야기를 그대로 읽어줄 때도, 문장을 따라 읽으면 말의 리듬이 느껴지면서 이야기꾼이 흥이 나서 사람들을 앞에 놓고 이야기판을 벌이는 그런 기분이 들어야 하는 것이지요. 그런데 위 문장은 소리 내서 읽어보면 그런 흥이 나지 않습니다. 높고 낮은 감정의 높낮이가 들어 있는 입말의 문장이 아닙니다. 상당히 건조한 글말로 이루어져 있습니다. 위 교과서 이야기는 글의 옷을 입힌 문장에 문제가 있습니다.

위 옛이야기에는 아주 중요한 문제가 또 한 가지 걸려 있습니다.

옛이야기에 나오는 주인공들은 한 가지 성격을 가집니다. 예를 들어 콩쥐 팥쥐가 있다고 합시다. 콩쥐는 처음부터 끝까지 선한 빛이 되는 인물입니다. 팥쥐는 일관되게 고약한 그림자가 되는 인물입니다. 옛이야기에서 처음에는 선한 인물이 나중에 악한 인물로 변한다든지, 악한 인물이었다가 착한 인물로 변하는 예는 없습니다. 이래서 옛이야기를 연구하는 사람들은 이런 말을 합니다. 옛이야기 주인공들은 한 가지 성격만을 갖고 있다구요. 막스 뤼티는 이런 옛이야기 인물의 특징을 단색의 인간이라 불렀습니다.

옛이야기에 나오는 인물들은 대개는 빛이 되는 쪽이면 빛이 되는 쪽, 고약한 그림자가 되는 쪽이면 그림자가 되는 쪽으로 일관되게 살아갑니다. 이렇게 일관되게 한 가지 삶을 살아가기 때문에 우리는 흔히 옛이야기에서 빛이 되는 주인공을 영웅이라 부릅니다. 콩쥐도 우리 마음속에 들어 있는 빛이 되는 원형인 영웅의 한 모습을 보여주고 있는 것이지요.

그런데 보통 우리 사람들은 어떻습니까. 단색의 인간입니까? 아니면 혼합색의 인간입니까? 사람의 마음은 하루에도 몇 번씩 변합니다. 우리 사람의 마음속에는 빛이 되는 콩쥐나 흥부와 같은 목숨도 들어 있고, 그림자가 되는 팥쥐나 놀부와 같은 목숨도 들어 있습니다. 이 두 성격의 인물이 뒤섞여 있습니다. 그래서 우리는 그 누구든지 혼합색의 인간이라 할 수 있을 겁니다.

이런 생각을 갖고 그럼 다시 위 교과서 이야기로 돌아가서 호랑이와 두꺼비가 드러내는 인물의 성격을 한번 살펴봅시다.

위 이야기에도 서로 맞선 인물이 나옵니다. 호랑이와 두꺼비입니다. 호랑이는 힘이 센 목숨입니다. 위 이야기에서는 힘과 권력을 상징하고 있습니다. 그런 힘을 가진 호랑이가 쌀을 한 바가지씩 가져다 떡을 쪘는데 자기 혼자 다 먹을 욕심에 얕은 꾀를 냈습니다. 호랑이는 이 이야기에서 그림자가 되는 목숨의 자리에 서 있습니다.

위 이야기에서 호랑이가 혼자 떡을 먹으려고 두꺼비에게 산꼭대기에서 떡시루 굴리는 내기를 하자는 제안을 하는 대목까지는 문제가 없습니다. 그런데 호랑이의 이 제안을 듣고 두꺼비가 대응하는 대목은 아주 미묘하지만 그냥 넘길 수 없는 문제를 갖고 있습니다. 그 대목을 여기 다시 한 번 옮겨보겠습니다. 이 대목이 문제입니다.

> 호랑이의 말을 듣고 두꺼비는 기운이 쏙 빠졌습니다. 보나마나 자기가 질 게 뻔하였기 때문입니다. 두꺼비는 천천히 다시 한 번 생각하여 보았습니다. 잠시 뒤에 좋은 생각이 떠올랐는지 자신 있게 말하였습니다.
>
> "좋아, 내기를 하자."

두꺼비는 한참을 생각한 다음에 좋은 생각이 떠올라 내기를 하자고 말합니다. 옛이야기 주인공은 이렇게 무슨 문제에 직면했을 때 한참 머리로 상황 판단을 한 다음에 신중하게 행동하지 않습니다. 옛이야기 주인공은 머리로 사는 목숨들이 아닙니다. 머리로 한참 상황 판단을 한 다음에 행동하는 두꺼비는 무언가 꿍꿍이속이 있는 회색의 인물로 느껴집니다.

위 이야기의 끝 대목을 보면 더욱 이런 의문이 듭니다. 호랑이는 떡시루가 구르면서 떡이 떨어지는 건 모르고 열심히 아래로 달려 내려가기만 하였습니다. 이 모습을 산꼭대기에서 내려다본 두꺼비는 배꼽을 쥐고 '깔깔깔' 웃었습니다. 그리고는 "내 그럴 줄 알았다니까. 인제 천천히 떡을 주워 먹어 볼까?" 하면서 어슬렁거리며 내려갑니다.

이 두꺼비의 모습에서는 어딘가 좀 교활한 느낌이 듭니다. 옛이야기 주인공이 드러내는 재치 있고 익살스런 꾀쟁이 영웅과는 좀 다른 느낌입니다.

그럼 여기서 「떡시루 잡기」 이야기와 견주어볼 수 있는 옛이야기 한 편을 소개해 보겠습니다. 옛날 어른들이 직접 말로 들려준 이야기를 옮긴 내용입니다. 아주 재미있습니다. 옛이야기는 눈으로만 읽어서는 이야기의 맛을 즐길 수가 없습니다. 소리 내서 천천히 입말의 리듬을 느껴가며 읽어보기 바랍니다. 평안남도 사투리의 맛도 살려가며 천천히 읽어봅시다.

넷날에 범허구 토까이허구 두터비허구 있었드랬는데 이 서이는 의형데를 무었었다. 하루는 서이서 산에 올라가드랬는데 가다가 차랍뎅이(찰밥덩이) 한 뎅이가 있어서 그걸 얻어 개지구 갔는데 서이서 이거을 먹을려구 하는데 범이 저 혼차 먹구파서 내기를 해 개지구 내기에 이긴 사람이 다 먹기루 하자구 했다. 두터비허구 토까이는 그카자 하구서리 내기를 허기루 했는데 그 내기는 이 세상에 델루(제일) 멘제 난 거이 이기는 걸루 했다. 범이 멘제 말하기를 "나는 이 세상이 되기 전에 나왔다"구 말했다. 토까이는 "난 이 세상이 된 담에 곧 나왔다"구 했다. 두터비는 "난 이 세상이 되기 전에 아들 딸을 보았다"구 말했다. 그러구 보느꺼니 두터비레 델루 나이가 많은 거이 됐거든. 그래서 그 차랍을 두터비레 먹게 됐다. 범은 이걸 보구서 맘이 상했단 말이야. 그래서 다시 한번 내기를 하자구 했다. 둘이는 할 수없이 그러카자구 하구 다시 내기를 하는데 이번에 하는 내기는 압록강을 멘제 건너갔다 다시 건너오기로 했다. 서이는 강가에 세서 "요이, 하지멧"(일제강점기에 선생이 학교에서 달리기나 내기를 시킬 때 시작을 알리던 호령 소리)하구슬라믄 건네뛰어갔다. 두터비는 얼릉 범에 꼬랭이를 물구 늘어뜰레 개지구 범 뛰는데 따라서 건네뛨다. 범과 토까이는 잘 뛰니꺼니 얼른 뛔개지구 데켄에 갔다가 또 이켄에 왔다. 그리구서리 "어드레 두터비레 안 오누?" 하멘 데켄을 보구 있었다. 두터비는 썩어진 헌 신짝을 줄줄 끌멘 "야, 너들 뭐 이자야 오네? 난 불세 와 개지구서 신을 삼았는데 이게이 벌써 썩어뎄다" 허구 말했다. 범과 토까이는 이걸 보구 내기에 또 지게 돼서 그 차랍을 두터비한테 뺏틀리우게 됐다. 범은 또 다시 한 번 내기를 하자구 했다. 이번 내기는 차랍을 베랑턱에 굴리어 개지구서 그 아래루 떨어진 걸 멘제 가서 붙잡은 사람이 다 먹기루 했다. 그래서 베랑에서 그 차랍뎅이를 툭 차서 내래굴리었는데 범허구 토까이는 발이 빨르느꺼니 멘제 뛔가지구 아래 내래가서 차랍뎅이가 내려오는 걸 기다리구 있었다. 그런데 이 차랍뎅이는 굴러내래가는데 도중에서 나뭇가지에 걸레서 내려가디를 안했다. 두터비레 발이 느르니꺼니 천천히 내리가다가 나뭇가지에 걸린 차랍뎅이를 보구서 그것을 개지구서 거기서 먹었다. 그런데 차랍뎅이를 먹다먹다 다 못먹어서 남은 걸 뒷잔등에다가 지질지질 발라 개지구 그리구서리 아래루 내레갔다. 그리구서 범과 토까이보구서 "야, 너들 뭘 하구 있네? 난 차랍뎅이를 저 우에서 주워 개지구 먹다먹다 못 먹어서 이렇게 뒷잔등에다가 발랐다. 너들 정 배레 고퍼서 차랍뎅이를 먹구프면 이거나 뜯어먹어라" 하멘 잔등을 내밀었다. 범과 토까이는 이걸 보구서 "야, 티껍다(더럽다) 티껍다 안 먹갔다" 하멘서 먹딜 안했다. 두터비 잔등이 찬합같이 껍질껍질한 건 그때 차랍을 뒷잔등에다가 발라 놨기 땜이라구 한다. (『임석재전집 3』, 95~96쪽)

일단 시원한 입말의 감각을 느낄 수 있습니다. 이야기가 기차가 레일 위를 달리는 것처럼 그렇게 시원하게 달려갑니다. 일제강점기니 이 옛이야기를 받아 적을 때만 해도 녹음기가 일반화되지 않았겠지요. 일제강점기부터 많은 옛이야기를 채록하는 데 힘을 썼던 임석재 선생 쪽의 연구자들이 일단 최대한 받아 적은 다음에 나중에 정리를 좀 했을 겁니다. 그래서 좀더 생생한 입말의 현장감은 물론 떨어집니다. 그래도 앞에서 읽어본 교과서의 옛이야기 문장하고는 확실히 다릅니다. 지금 눈앞에서 이야기꾼이 얘기하는 걸 듣고 있는 듯한 기분이 듭니다. 입말이 갖고 있는 독특한 현장감을 느낄 수 있습니다. 높고 낮은 감정의 흐름이 오고가는 말의 에너지를 느낄 수 있는 것이지요.

이제 첫 일 학년이 되어 학교에 들어온 아이들이 선생님에게 이런 옛이야기를 듣고 이야기의 흥을 느낄 수 있어야 하는데요. 교과서에 실린 옛이야기처럼 말의 출렁거리는 에너지가 별로 느껴지지 않는 문장을 읽고 아이들 마음에 과연 건강한 문학의 씨앗이 심어질 수 있을까 의문이 들지 않을 수 없습니다.

그리고 또 한 가지 교과서 이야기와 위 구전 설화집에 실린 이야기와는 중요한 차이가 있습니다.

위 구전설화에 나오는 두꺼비는 어떻습니까? 꾀쟁이이기는 해도 무언가 머리로 생각해서 자기의 이익을 따지는 그런 꿍꿍이속이 있는 회색의 인물로 느껴지지는 않습니다. 호랑이가 찰밥덩이를 굴리는 대목이 바로 교과서 내용과 이야기 화소가 비슷합니다.

이 대목을 좀 주의 깊게 살펴봐도 두 이야기 속 두꺼비의 모습에서 미묘한 차이를 발견할 수 있습니다. 위 구전설화집에 실린 두꺼비는 호랑이가 찰밥덩이 굴리기 내기를 하자 그래도 아무런 망설임 없이 응하고 그냥 묵묵히 걸어내려 갑니다. 잠시 생각을 한 다음에, "그래, 그렇다면 그건 해볼 만해" 하는 그런 머리로 생각하는 시간을 갖지 않습니다.

힘을 가진 호랑이가 제안하는 문제에 아무 망설임 없이 응하여 무언가 자기 내면에 존재하는 원시 심성으로 통하는 무의식의 힘에 의지해 힘센 호랑이를 이겨내는 재치 있고 익살스런 모습을 보여주고 있습니다. 그래서 이런 두꺼비라면 무언가 아이들이 좋아할 만한 꾀쟁이 영웅의 특징을 갖고 있다고 볼 수 있는 것이지요.

여기서 한 가지 신화 연구가인 폴 래딘이 말하는 영웅 신화의 주기론을 소개해 보겠습니다(『신화 해석학』, 293~298쪽 참고). 아주 흥미로운 이야기입니다. 폴 래딘은 인디언의 영웅 신화를 연구하면서 다음과 같은 주기가 있다고 생각하였습니다. 먼저 영웅 신화를 보면 꾀쟁이 단계의 이야기들이 한 층을 이루고 있다고 합니다.

이 꾀쟁이 주기는 "인생의 유아적 단계, 미성숙한 단계에 속하는 영웅 신화"라고 말합니다. "어떤 성숙한 목적을 갖고 행동한다기보다는 본능적인 욕구를 충족하기 위해 행동하는 이야기들"이라는 거지요. 위에서 말한 호랑이와 두꺼비 이야기도 이런 꾀쟁이 주기에 해당하는 이야기라 할 수 있을 겁니다. 옛이야기에는 이런 꾀쟁이 주기에 해당하는 이야기들이 아주 많습니다.

보통은 힘이 센 동물하고 힘이 약한 동물이 맞선 자리에 서 있습니다. 힘 센 동물은 약한 동물을 잡아먹으려 하고 약한 동물은 온갖 꾀를 내서 도망을 가다 나중에는 오히려 힘센 동물이 잡아먹히는 자리에 섭니다. 이런 유형의 이야기들은 다 낮은 자리에서 살아가던 백성들이 그들의 삶에서 발견해 낸 꾀쟁이 주기의 이야기들이라 할 수 있을 겁니다.

이런 "꾀쟁이 단계의 이야기는 때로는 난폭하고 비정하며, 때로는 본능적이고 유치하며, 때로는 웃음을 자아내는 골칫거리의 특징"을 갖고 있답니다.

유아 단계에 있는 아이들은 이런 꾀쟁이 영웅들을 좋아합니다. 꾀쟁이 영웅들은 익살스럽고 해학적인 모습을 하고 있기 때문에 사람들로부터 사랑을 받습니다. 이런 옛이야기에서 볼 수 있는 꾀쟁이 영웅들의 이야기는 창작 동화에도 그대로 이어져 잘 성공만 하면 독특한 캐릭터로 자리매김할 수 있습니다.

예를 들어서 현덕의 유년 동화를 보면 금방 알 수 있습니다. 그럼 현덕의 짧은 유년 동화 한 편을 읽어보겠습니다. 「새끼 전차」(1938)라는 동화입니다.

–냉냉냉 냉냉냉.

–냉냉냉 냉냉냉.

골목 안에서 새끼 전차가 떠납니다. 노마가 앞장입니다. 운전수지요. 만이가 뒤를 봅니다. 차장이지요. 그리고 가운데는 손님이 탑니다. 모래 돈 다섯 닢 내고 종이표 사고 탑니다.

전차가 골목 모퉁이 전선주 앞에 닿았습니다.

–종로요. 화신상 앞요.

–종로요. 화신상 앞요.

앞장 운전수가 외칩니다. 꽁무니 차장도 그럽니다.

가운데 탄 손님도 그럽니다. 모두 큰 소리로 골목을 울립니다.

똘똘이가 종이표를 내고 내립니다. 영이가 모래 돈을 내고 올라탑니다.

"어디 가우?"

"한강 가우."

기동이도 모래 돈을 냅니다.

"난 정거장 가우."

그러나 노마는

"넌 못 타. 못 타."

"왜, 난 못 타?"

"너 옥수수 과자 혼자만 먹었지? 넌 안 돼."

"그럼 난 모래 돈 열 개 낼게."

"그래두 안 돼."

전차는 그대로 떠납니다.

할 수 없이 기동이는 그 뒤를 따라갑니다. 냉냉냉 냉냉냉. 전차는 골목을 돌아서 한길을 향해 달립니다.

전차가 한길 이발소 앞에 닿았습니다.

–남대문요. 정거장 앞요.

–남대문요. 정거장 앞요.

영이가 종이표를 내고 내립니다. 똘똘이가 모래 돈을 내고 올라탑니다.

“어디 가오?”

“용산 가우.”

이번에도 기동이는 모래 돈을 냅니다.

그러나 노마는

“넌 못 탄대두.”

“난 왜 못 타?”

“너 물딱총 혼자만 가지구 놀았지? 넌 안 돼.”

“그럼 난 모래 돈 썩 많이 낼게.”

“그래두 안 돼.”

전차는 그대로 떠납니다. 할 수 없이 기동이는 그 뒤를 따라갑니다. 냉냉냉 냉냉냉. 전차는 한길을 담 밑으로 달립니다. 전차가 기동이 집 골목 앞에 닿았습니다.

–한강요, 철교 앞요.

—한강요, 철교 앞요.

똘똘이가 종이표를 내고 내립니다. 영이가 모래 돈을 내고 올라탑니다. 이번에도 기동이는 안 들일 작정. 그대로 전차는 떠납니다.

그러나 기동이는 저의 집 앞이니까 기운이 나는 게지요.

"나 안 태면 못 가. 못 가."

하고 기동이는 두 팔을 벌리고 전차 앞을 가로막습니다.

"이게 칠라구 그래. 칠라구 그래."

노마는 전차니까 기운이 셉니다. 그리고 사정 볼 거 아무것도 없지요.

"난 체두 몰라. 체두 몰라."

하고 두루루 기동이를 새끼로 말아 막 뭉깁니다. 고만 기동이는 땅바닥에 나뒹그러져 어이 어이 울고 맙니다. (『너하고 안 놀아』, 29~32쪽)

현덕의 동화에는 여러 명의 아이들이 나옵니다. 노마, 기동이, 똘똘이, 영이가 나옵니다. 이 아이들 사이에서 기동이는 좀 사는 집 아이니까 여러모로 힘이 있는 자리에 서 있습니다. 그리고 노마와 똘똘이, 영이는 살기가 어려우니까 아무래도 힘이 약한 낮은 자리에 서 있습니다.

힘이 약한 자리에 서 있는 세 아이들은 힘이 있는 기동이하고 맞서면서 살아갑니다. 가만히 보면 그 가운데서도 노마는 특히 재치 있는 꾀쟁이 영웅의 자리에 서 있습니다.

옛이야기에서 드러나는 꾀쟁이 단계에서 벌어지는 익살맞고 해학적인 이야기들이 변형되어 창작 동화로 넘어오면서 다양한 형식의 그림책이 되고 유년 동화가 되고 창작 옛이야기가 됩니다. 그러니까 창작 동화의 세계관이나 형식의 맛은 다 옛이야기에 이미 존재하고 있는 거지요.

아주 어린 유아적 단계에 머물러 있는 아이들은 이 꾀쟁이 영웅들을 만나는 것이 즐겁고 이들과 친구가 되어 살아가면서 점점 성숙해 갑니다. 그러다 이 아이들은 나이를 조금씩 먹어가면서 자기가 알던 꾀쟁이 영웅들과는 조금 다른 모습의 영웅들을 만나게 되는 것이지요.

처음에 살펴본 교과서 이야기로 다시 돌아가 봅시다. 앞에서 살펴본 「떡시루 잡기」란 제목의 옛이야기는 일 학년 교과서에 실려 있었습니다. 일 학년이면 아직도 본능적인 욕구를 충족하기 위해 행동하는 꾀쟁이 영웅 단계의 이야기들이 수준에 맞다고 볼 수 있습니다. 이런 점에서 꾀쟁이 영웅의 모습을 이야기 소재로 삼은 건 좋다고도 볼 수 있는데요.

그런데 빛이 되는 인물로 나온 두꺼비가 과연 꾀쟁이 영웅의 원형을 갖고 있느냐 하는 문제가 걸립니다. 교과서에 실린 옛이야기 속 두꺼비는 영웅이라기보다는 어딘가 교활하고 꿍꿍이속을 가진 자기의 잇속을 차리는 영악한 회색의 인물이란 의심을 줍니다. 재치 있고 익살스런 영웅의 이미지와는 어딘가 거리가 있습니다. 아이들이 이런 두꺼비를 마음속에 꾀쟁이 영웅의 본보기로 삼는다면 문제가 있는 것이지요.

교과서라고 해서 무조건 믿고 아이들에게 읽혀주어서는 안 될 것입니다. 아이들에게 옛이야기를 들려줄 때는 가능하면 옛날 어른들이 직접 말로 전해 준 이야기를 현장감을 살려가면서 읽어주든지 들려주든지 하면 좋겠습니다.

교과서에 실린 동화 관련 글들을 보면 작품 수준이 아직도 많이 떨어집니다. 이런 이야기를 과연 아이들이 얼마나 감동 깊게 읽어줄까 하는 의문이 드는 작품들이 많습니다. 문학이 정신 놀이로 승화되어 가지 못하고 논리적인 사고를 기르는 기능의 대상으로만 너무 기울어져 있습니다. 옛이야기 관련 글들은 더욱 그렇습니다.

어린아이들은 그야말로 옛이야기 속 두꺼비처럼 익살스럽고 재치 있는 꾀쟁이 영웅들입니다. 이 꾀쟁이 영웅들의 마음을 시원하게 풀어주고 열어주는 그런 이야기들이 교과서에라도 좀 많이 실렸으면 좋겠습니다. 우리 사회는 아직도 여러 면에서 새롭게 고쳐나가야 할 점이 많이 있는데, 교과서의 수준도 역시 좀더 새로운 발상을 갖고 바뀌었으면 좋겠습니다.

「교활한 토끼」란 제목의 이야기가 있습니다. 옛이야기는 이야기

화소가 다양합니다. 비슷한 이야기들이 많이 존재할수록 그건 그 이야기를 전해 온 민족의 창의적인 상상력이 반영된 결과라 볼 수 있습니다. 그러니 이야기의 줄기는 비슷한데 내용은 조금씩 다른 이야기들이 많이 존재할수록 풍부하고 다양한 이야기꽃이 핀 동네가 되는 것이지요. 그만큼 이야기를 즐기면서 살아온 민족이 되는 것이구요.

여기에 위 이야기도 소개해 보겠습니다.

옛날에 한 마음씨가 착한 호랑이가 살았습니다. 이 호랑이가 하루는 두부 일곱 모를 가지고 시장엘 갔습니다. 항아리로 바꿔오려고요. 가는 길에 토끼 한 마리를 만났습니다. 토끼는 호랑이가 가진 두부를 보고 지금 배가 고프니 두부 한 모만 먹자 그럽니다. 호랑이는 마음씨가 착해서 서슴지 않고 두부 한 모를 내주었습니다. 이렇게 해서 토끼는 마음씨 착한 호랑이를 살살 꾀어서 두부 여섯 모를 다 빼앗아 먹었습니다.

호랑이는 남은 한 모를 갖고 시장에 가서 항아리 하나와 바꿔왔습니다. 바꿔오는 길에 또 토끼를 만났는데, 토끼는 항아리를 보더니 어디 좀 만져보자 하다가 그만 그 항아리마저 깨트려 먹었습니다. 이제는 호랑이도 몹시 화가 나서 토끼를 잡아먹으려고 덤벼들었는데요. 그러니까 토끼는 도망을 가게 되었지요.

도망을 가다 강가에 이른 토끼는 또 꾀를 냈습니다. 이 강에다 꼬리를 두고 있으면 물고기들이 와서 줄줄이 매달리게 된다고요. 그러면 그놈들을 잡아먹을 수 있다고요. 이 말을 듣고 호랑이가 꼬리를 강에 넣어두고 기다리고 있는데, 마침 겨울이어서 그만 얼어버렸습니다. 꼬리가 얼어붙어 꼼짝 못하는 호랑이를 보고, 토끼는 불을 놓아서 태워 죽입니다. 그리고는 가게에 가서 식칼을 하나 빌려와서, 그 칼을 가지고 호랑이를 발라서 먹는 거지요.

그러고 나서 길을 가다 토끼는 그만 사람이 쳐놓은 그물에 걸려들고 말았습니다. 여기서도 토끼는 또 꾀를 내서 파리 떼에게 자기 몸에 알을 잔뜩 낳아 달라 말합니다. 이 모습을 보고 그물을 보러 온 사람은 "아이구, 이놈이 잡힌 지 오래 돼서 썩어가나 보다"하고 그냥 던져버렸습니다. 이래서 토끼는 또 살아난 거지요. 이번에는 길을 가다가 큰 매한테 걸려들었습니다. 하늘 높이 올라간 토끼는 이번에도 살 길을 생각하였습니다.

자기는 지금 옥황상제한테 가는 길인데, 이런 나를 그렇게 날카로운 발톱으로 감고 가는 걸 보면 아마 옥황상제한테 천벌을 받게 될 거란 말을 합니다. 그러니까 매도 겁이 나서 토끼를 쥐고 있던 발톱을 느슨하게 풀어놓았습니다. 그러니 토끼는 결국 천 길 아래로 떨어진 거지요. (『조선동화집』, 43~49쪽 참고)

이런 이야기입니다. 이 이야기는 일제가 우리나라 옛이야기를 모아서 책을 펴냈던 『조선동화집』에 실려 있습니다. 그러면 이 옛이야기 한 편을 어떻게 감상해야 할까요?

위 이야기에도 꾀쟁이 토끼가 나오는데요. 그런데 여기에 등장하는 꾀쟁이 토끼는 우리가 보아온 꾀쟁이들과는 조금 다른 느낌을 줍니다.

위 책을 편집한 권혁래 선생은 이 교활한 토끼 이야기가 기존에 알려진 호랑이와 토끼 이야기와 다른 점을 이렇게 지적하고 있습니다.

1) 힘만 세고 남을 괴롭히는 호랑이가 마음씨 좋고 정직한 동물로 그려진 점.
2) 호랑이가 두부를 먹고, 토끼는 고기를 먹는다는 점.
3) 다소 얄밉지만 지혜로운 토끼, 그리하여 약한 자가 살아가는 법을 나름대로 보여주던 토끼가 간교하고, 교활하고, 심성이 못된 동물로 그려진 점.
4) 기존의 호랑이와 토끼 간의 구도가 역전되어, 호랑이가 토끼의 꾀에 속아 억울하게 죽고, 간교한 토끼는 천벌을 받아 죽었다고 결말지은 점을 들 수 있다. (같은 책, 172쪽)

「교활한 토끼」는 조선총독부에서 편찬한 『조선동화집』에 실린 이야기입니다. 그렇기 때문에 우리 옛이야기 본래의 모습이 아주 많이 훼손되었습니다. 말의 옷을 입고 전해 오던 이야기가 글의 옷을 입히는 과정에서 이렇게 훼손되어 나타납니다. 말로 들려줄 때 아이들의 내면에는 엄청난 깊이의 다양한 언어 지층이 형성된다고 생각하면 좋을 겁니다. 그런데 그런 익살과 해학의 언어 지층을 형성하는 이야기가 그만 뒤집히고 전도된 세계관을 드러내는, 편협한 언어 지층을 형성하는 이야기로 전락하고 말았습니다. 재화하는 과정에서 말입니다.

보통 옛이야기를 보면 호랑이는 힘 있는 존재로 나옵니다. 이 「교활한 토끼」에서 호랑이는 권력을 가진 존재, 높은 자리에 있는 목숨을 상징한다고도 볼 수 있습니다. 그런데 호랑이는 아주 착한 존재로 나오고, 힘이 약한 토끼는 아주 교활한 존재로 나옵니다. 그래서 마침내 이 힘이 약한 토끼는 아주 교활해서 나중에는 호랑이를 괴롭히다 천벌을 받아 죽는 거지요.

개중에는 힘이 약한 존재가 그야말로 인간성도 참 더러워서 천벌을 받는 행위를 할 수 있습니다. 그러나 동화의 세계에서는 보편적인 어떤 세계관이 존재하는 것이지요.

조금 도식적으로 말한다면 「교활한 토끼」는 일제가 자신의 지배 권력을 상징하는 호랑이를 착한 자리에 두고 낮은 자리에 있는 토끼는 교활한 자리에 두었습니다. 이건 어찌 보면 지배 질서를 합리화시키는 상상력을 아이들에게 불러일으킬 수도 있는 거지요. 이런 이야기가 하필이면 조선총독부에서 우리 옛이야기를 재화한 책에 실려 있다는 것도 분명 문제는 되겠지요.

어린아이들은 옛이야기에 나오는 게으름이나 바보, 꾀쟁이들을 좋아합니다. 이런 옛이야기 속 인물들과 친구가 되어 살아가면서 아이들은 성숙해 갑니다. 그러다 아이들은 나이를 조금씩 먹어가면서 자기가 알던 바보, 게으름이, 꾀쟁이들과는 조금 다른 모습의 영웅들을 만나게 되는데, 이다음 단계에서 만나는 영웅들의 모습에 폴 래딘은 산토끼 영웅 주기란 이름을 붙였습니다.

위네바고 인디언들은 산토끼를 의료 의례를 베푸는 문화 영웅이자 구세주인 것으로 믿습니다. 폴 래딘에 의하면 신화는 이들에게 아주 강력한 것이기 때문에 기독교가 이 종족에게 들어온 뒤에도 비밀결사 요원들은 산토끼를 포기하지 않았답니다. 이 원형적인 산토끼상은 장난꾸러기 꾀쟁이에서 발달된 형태라고 볼 수 있습니다. 그러니까 다른 점은 산토끼는 장난꾸러기의 본능적 유아적 욕구를 극복하고 하나의 사회적 존재가 되어 있다는 점이지요.(『인간과 상징』, 113쪽 참고)

그러니까 이 산토끼 영웅은 일종의 인간 문화의 창시자라는 것이지요. 보통 아이들은 자연과 하나가 되어 살아갑니다. 그러다가 점점 자신의 내면 무의식을 인식하는 단계로 접어듭니다. 자연과 떨어지면서 인간 자신의 존재를 인식하게 되고 이러면서 문화의 개념을 인식하게 됩니다. 문화의 창시자, 즉 '무의식적 이미지에 창조적 형태를 부여하는 사람'이 된다는 것이지요. 우리들은 모두가 내면 무의식을 간직하며 삽니다. 그 무의식의 상태는 마치 원시 들판과 같고, 갈지 않은 논밭과 같습니다. 그런 무궁무진한 천연자원을 품고 있는 무의식의 심층을 우리는 갖고 있습니다. 그런 무의식의 심층으로 들어가 내면 무의식 세계를 여행하면서 거기서 이미지를 건져올려 의식의 단계를 거쳐 어떤 형태를 만들어냅니다. 그렇게 만들어진 형태가 바로 음악이고 미술이고 소설이고 동화가 되는 것이지요. 예술 작품이 되는 겁니다.

그래서 이런 문화를 만들어내는 작가는 무의식과 의식의 경계에 서 있는 사람들입니다. 인간과 자연의 경계에 서 있는 사람들입니다. 신화시대를 살아가던 사람들은 이렇게 무의식과 의식의 경계에 서서 이 양쪽의 세계를 중개하던 사람들, 인간과 자연의 소리를 다 들으면서 양쪽의 언어를 서로에게 이어주던 사람들이고 이들을 샤먼이라 불렀습니다.

그러면 우리들은 금방 이런 생각을 할 수 있습니다. '그렇구나. 요즘 동화작가들은 바로 샤먼의 기질을 가진 사람들이구나' 하는 생각을 가질 수 있는 거지요. 동화작가들은 아이들의 내면에 존재하는 무의식의 세계를 여행하면서 거기에 어떤 형태를 부여해서 아이들에게 보여주고 들려주고 읽게 하고 합니다. 이게 바로 동화입니다. '동화작가는 바로 옛날 무의식의 세계와 의식의 세계 경계에 서서 이 양쪽의 세계를 이어주던 샤먼의 역할을 하는 사람들이구나.' 이렇게만 생각해도 우리는 동화에 대해 많은 상상력을 얻을 수 있고, 동화의 본질에 성큼 다가설 수 있습니다.

예를 들어 권정생 선생님은 우리 시대 아주 훌륭한 샤먼 가운데 한 사람이었다 할 수 있습니다.

옛날 샤먼들은 동물과 사람 사이를 이어주는 경계에 서 있었습니다. 현실과 타계를 같이 여행하는 사람이었습니다. 바로 동화작가들이야말로 이렇게 무의식과 의식의 경계에 서 있어야 합니다. 자연과 인간 양쪽의 경계에 서 있어야 합니다. 어느 한쪽에만 치우쳐서 무게 중심을 잃게 되면 자연과 인간 모두에게서 멀어질 수도 있겠지요.

보통 꾀쟁이 단계에 머물러 있던 아이들이, 꾀쟁이 영웅하고만 놀던 아이들이 이제는 내면 무의식의 세계를 여행하는 좀더 성숙한 아이로 자라면서 산토끼 영웅들하고도 대화가 가능한 단계로 들어섭니다. 이런 산토끼 영웅의 한 예가 되는 작품을 들라면 어떤 게 있을까요?

지금 번뜩 생각나기에는 권정생 선생님의 「하느님의 눈물」이 있습니다.

한번 같이 읽어보겠습니다.

눈이 노랗고 털빛도 노란 돌이 토끼는 산에서 살았습니다. 그러니까 돌이 토끼는 산토끼인 셈이죠.

어느날 돌이 토끼는, 문득 생각했습니다.

'칡넝쿨이랑 과남풀이랑 뜯어먹으면 맛있지만 참말 마음이 아프구나. 뜯어먹히는 건 모두 없어지고 마니까.'

돌이 토끼는 중얼거리면서 하얀 이슬이 깔린 산등성이로 뛰어갔습니다.

'하지만 오늘도 난 먹어야 사는걸. 이렇게 배가 고픈걸.'

돌이 토끼는 뛰어가던 발걸음을 멈추었습니다. 그리고는 둘레를 가만히 살펴보았습니다. 쪼꼬만 아기 소나무 곁에 풀무꽃이 이제 떠오르는 아침 햇살을 맞으며 앉아 있었습니다.

돌이 토끼는 풀무꽃 풀 곁으로 다가갔습니다.

"풀무꽃 풀아, 널 먹어도 되니?"

풀무꽃풀이 깜짝 놀라 쳐다봤습니다.

"……."

"널 먹어도 되는가 물어봤어. 어떡하겠니?"

풀무꽃풀은 바들바들 떨었습니다.

"갑자기 그렇게 물으면 넌 뭐라고 대답하겠니?"

바들바들 떨면서 풀무꽃풀이 되물었습니다.

"……."

이번에는 돌이 토끼가 말문이 막혔습니다.

"죽느냐 사느냐 하는 대답을 제 입으로 말할 수 있는 사람이 이 세상에 몇이나 있겠니?"
"정말이구나. 내가 잘못했어. 풀무꽃풀아, 나도 그냥 먹어버리려니까 안되어서 물어본 거야."
"차라리 먹으려면 묻지 말고 그냥 먹어."
풀무꽃풀이 꼿꼿한 목소리로 말했습니다. 먹힌다는 것, 그리고 죽는다는 것, 모두가 운명이고 마땅한 일인 것입니다.
돌이 토끼는 눈을 깜빡거리다가 말없이 돌아섰습니다. (『하느님의 눈물』, 10~12쪽)

이러다가 돌이 토끼는 하루 종일 아무것도 먹지 못하였습니다. 돌이 토끼는 끝내 울고 말았어요. 사방이 어두워지고 별이 반짝이는 밤이 되었습니다. 돌이 토끼는 울다가 잠시 눈을 떠 하늘을 쳐다보면서 하느님에게 물었습니다.
이 뒷 장면을 같이 보겠습니다.

돌이 토끼는 말했습니다.
"하느님, 하느님은 무얼 먹고 사셔요?"
어두운 하늘에서 부드러운 음성이 들렸습니다.
"보리수 나무 이슬하고 바람 한 줌, 그리고 아침 햇빛 조금 마시고 살지."

"어머나! 그럼 하느님, 저도 하느님처럼 보리수 나무 이슬이랑, 바람 한 줌, 그리고 아침 햇빛을 먹고 살아가게 해주셔요."

"그래, 그렇게 해주지. 하지만, 아직은 안 된단다. 이 세상 모든 사람들이 너처럼 남의 목숨을 소중히 여기는 세상이 오면, 금방 그렇게 될 수 있단다."

"이 세상 사람들 모두가요?"

"그래, 이 세상 사람 모두가."

하느님이 힘주어 말했습니다. 그리고는 잠시 사이를 두었다가 다시 말했습니다.

"하지만, 내가 이렇게 애타게 기다리는데도 사람들은 기를 써 가면서 남을 해치고 있구나."

돌이 토끼 얼굴에 물 한 방울이 떨어져내렸습니다. 하느님이 흘린 눈물이었습니다. (같은 책, 15~18쪽)

지금 돌이 토끼는 단순히 본능적인 욕구를 충족하기 위해서 꾀를 내서 먹이를 뺏고 뺏는 자기 영역 다툼을 하는 그런 단계에 머물러 있지 않습니다. 아주 철학적인 질문을 스스로에게 하기 시작하는 거지요. 돌이 토끼는 꾀쟁이 단계에서 한 발 더 나가 내면 여행을 하면서 거기에서 생긴 철학적인 질문에 답해 보려는 사유하는 존재의 모습을 하고 있습니다.

이 세상에 살아가고 있는 모든 목숨은 남을 먹어야만 살아갈 수가 있습니다. 먹는 자리에서만 보면 모든 존재는 생존죄에서 벗어날 수가 없습니다. 그러나 한번 더 뒤집어 생각해 보면 우리는 먹으면서 먹히는 존재입니다. 그러니 먹는 것도 운명이고, 먹히는 것도 운명입니다. 남을 먹으면서, 한편으로 먹히는 자리에 설 때, 우리는 생존죄에서 벗어날 수가 있겠지요. 그런데 이렇듯 먹으면서 먹히는 자연스런 존재의 균형이 어느새부턴가 깨어지기 시작하였습니다. 인간이 자연을 억압하면서 인간 스스로가 발 딛고 서 있는 자연 자체의 기반마저 조금씩 허물어지기 시작한 것이지요.

앞에서 동화작가는 일종의 샤먼이라 하였습니다. 인간의 언어와 자연의 언어를 중개해 주는 사람입니다. 자연과 인간의 경계에 서서 양쪽의 언어를 중개하는 사람이 바로 샤먼이고 동화작가입니다.

「하느님의 눈물」에서 샤먼인 작가는 이야기 밖에 서서 이야기를 이끌어갑니다. 삼인칭 시점의 이야기입니다. 이때 샤먼인 작가는 이야기 안에는 들어와 있지 않지만 전체적으로 돌이 토끼와 어린이 사이를 중개하는, 보이지 않는 자리에 서 있습니다. 숨어 있지만 이야기 내면에 분명 들어 있는 것이지요.

이런 식으로 신화를 거쳐, 옛이야기를 거쳐 요즘 동화에 이르기까지 이야기의 단절은 있지 않았습니다. 단지 이야기를 풀어내는 방식의 변화가 있을 뿐입니다. 말문학이 글문학으로, 이야기꾼이 작가로 변했을 뿐입니다. 신화나, 옛이야기나, 동화나 그 내면에 흐르는 세계관의 본질에는 큰 차이가 없습니다. 그 정신의 알맹이는 변함 없이 흐르고 진실의 핵이 되는 씨앗은 그대로 있다는 것이지요.

16

게으름이 영웅 이야기의 본질

예전 한겨레통일문화재단 분들과 평양에 다녀온 적이 있었습니다. 남쪽 작가 글에 북쪽 화가가 그림을 그리고 북쪽 작가 글에 남쪽 화가가 그림을 그리는 책을 내볼 작정이었습니다. 그때 우리 일행은 옛이야기 한 편을 놓고 평양으로 떠나기 전에 잠시 토론을 한 적이 있습니다. 남쪽에서는 권정생 선생님에게 옛이야기 몇 편을 글로 옮겨 쓰기를 해달라고 했는데, 그 가운데 한 편이 북쪽의 작가들이 읽었을 때 혹시 문제를 삼지 않을까 하는 걱정이 들었기 때문이었습니다. 권정생 선생님은 그 많은 옛이야기 가운데서 남과 북의 아이들이 함께 읽는 책에 왜 이 이야기를 고른 것일까. 그때는 그 의미를 명확히 이해하기가 힘들었습니다. 우리가 걱정했던 이야기 가운데 하나는 게으름이가 복을 받는 이야기였습니다. 권정생 선생님이 글의 옷을 입힌 게으름이 이야기를 잠깐 줄거리만

요약해 보겠습니다.

옛날에 게으름이 아들이 하나 있었다. 아버지가 볏짚 한 둥지를 물에 축여주면서 새끼를 꼬라 했더니, 밤새 겨우 새끼 서발을 꼬고는 누워 자버렸다. 화가 난 아버지는 아들에게 새끼 서발을 던져주면서 당장 나가라고 쫓아버렸다.

아들은 집에서 쫓겨나 정처 없이 길을 가는데, 저쪽에서 깨진 물동이를 이고 오는 사람을 만났다. 그 깨진 물동이를 어디 가지고 가느냐고 물으니까 이건 못 쓰는 거라 버리러 간다고 하였다. 그러면 이 새끼 서발하고 바꾸자 하였다. 그래서 아들은 깨진 물동이를 바꾸어 가지고는 어느 마을 우물가에 깨진 물동이를 감쪽같이 붙여 놓아두었다. 그리고는 모퉁이에서 숨어서 지켜보는데 어떤 예쁜 아가씨가 물을 길러와 물동이를 한쪽으로 치워두려고 약간 밀었더니 그만 와장창 하고 깨져버렸다.

이걸 보고 게으름이 총각이 나타나 큰소리를 치며 물동이를 깨뜨렸다고 다그치니까 아가씨는 할 수 없다며 자기 물동이를 대신 주었다.

다시 길을 가다 게으름이 총각은 물동이를 내주고 죽은 개와 바꾸었다. 이 죽은 개는 주막집 주인을 감쪽같이 속여 그 집에서 먹이던 개와 바꾸게 하였다. 게으름이 총각은 길을 가다 이번에는 죽은 말과 개를 바꾸었다. 다시 죽은 말을 갖고 주막에 들러 이번에도 주막

집 주인을 감쪽같이 속이고는 그 집의 말 한 필을 얻어 나왔다. 이런 식으로 이야기가 진행되어 말을 다시 죽은 사람(딸)과 바꾸고, 죽은 사람은 다시 우물가에 물 길러 온 여자와 바꾸고, 나중에는 말에 금돈을 가득 싣고 가는 사람을 만나 수수께끼 내기를 하여 이겨 가지고 부자가 되어 아가씨를 데리고 집으로 갔다.(『똑똑한 양반』 참고)

옛이야기는 권력과 부를 갖지 못하고 낮은 자리에 살던 백성들이 즐기던 이야기라 할 수 있습니다. 그렇다면 왜 옛날 이야기꾼들은 이런 게으름이가 복을 받는 이야기를 즐긴 것일까요? 감동을 주는 이야기는 어느 시대의 사람이 읽더라도 거슬리지 않는 이야기 시공간이 단단한 내적 진실의 세계를 이루고 있습니다. 그런데 이 이야기는 아무리 봐도 내 짧은 머리로는 이해되지 않는 지점이 있었습니다. 게으름이 총각이 남을 속이는 수단을 통해서 자꾸만 더 큰 부를 얻어가는 장면이 어딘가 시원하지가 않았습니다. 한참 고민을 하다가 뚜렷한 답을 얻지 못하고 일단 원고를 평양으로 보냈습니다. 그때 이후로 이 게으름이 총각 이야기는 늘 내 머리 속에 한 가지 숙제로 남아 있었습니다.

게으름이가 나중에 복을 받는 이야기는 어느 나라에서든지 쉽게 찾아볼 수 있습니다. 그림 동화집에도 게으름이 이야기는 아주 많이 실려 있습니다.

그 가운데 한 편을 소개해 보겠습니다.

실 잣기를 싫어하는 게으른 처녀가 하나 있었습니다. 이 처녀의 어머니는 딸을 달래보기도 하고 야단을 치기도 해보았지만 처녀는 한사코 실 잣기를 하지 않으려 했습니다. 몹시 화가 난 어머니는 더 이상 참지 못하고 처녀를 때렸습니다. 처녀는 큰소리로 울기 시작했습니다. 때마침 왕비가 마차를 타고 그 집 곁을 지나다가 그 요란한 울음소리를 듣고 마차를 멈추게 했습니다. 왕비는 그 집으로 들어가 사연을 물었습니다. 딸이 너무나 게을러서 때렸다는 이야기는 창피해서 차마 할 수가 없어 처녀의 어머니는 이렇게 말했습니다.

"이 애가 실 잣는 걸 그만두게 할 수가 없어서 그랬습니다. 이 애는 그저 하루 온종일 실만 잣는데, 저희 집은 너무 가난해서 이 애가 실 잣는 데 쓸 아마를 대줄 수가 없답니다."

그러자 왕비가 말했습니다.

"난 이 세상에서 실 잣는 소리를 가장 좋아하오. 물레 돌아가는 소리처럼 듣기 좋은 것도 다시 없지. 댁의 딸을 우리 성으로 데려가게 해주었으면 좋겠소. 우리 성에는 아마가 아주 많이 있기 때문에 댁의 딸이 얼마든지 실 잣기를 할 수 있을 거요."

처녀의 어머니가 선선히 승낙을 하자 왕비는 처녀를 데리고 왕궁으로 갔습니다. 성에 도착한 뒤 왕비는 처녀를 세 개의 방이 있는 2층으로 데려갔습니다. 그 방들에는 바닥에서 천장까지 최상품 아마가 꽉꽉 들어차 있었습니다. 왕비가 말했습니다.

"자, 나를 위해 이 아마로 실을 잣도록 해라. 이 일을 다 끝내고 나면 내 큰아들과 결혼시켜 주겠다. 네가 가난해도 별 상관이 없다. 그저 부지런히 쉬지 않고 일만 하도록 해. 난 네 부지런함을 지참금으로 생각할 테다."

처녀는 300년을 살아도 그 많은 아마를 다 실로 만들어낼 수 없을 것 같았습니다. 그녀는 한숨을 푹푹 내쉬며 매일 아침부터 밤까지 그저 앉아 있기만 했습니다. 그리고 주위에 아무도 없을 때면 몰래 울었습니다. 그녀는 사흘 동안을 그렇게 손가락 하나 까딱하지 않고 앉아서 보냈습니다. 사흘째 되던 날 왕비는 그 방으로 들어와 보고 실이 전혀 눈에 띄지 않자 어리둥절한 표정이 되었습니다. 그러나 처녀가 어머니 곁을 떠나온 것이 너무나 슬퍼서 일이 손에 잡히지 않는다는 식으로 변명을 하자 왕비는 그럴 법도 하다고 생각했습니다.

"하지만 내일은 꼭 일을 시작해야 한다."

왕비는 처녀에게 이렇게 말하고 그 방을 떠났습니다.

다시 홀로 남게 된 처녀는 무엇을 어떻게 해야 할지 그저 아득하기만 했습니다. 근심에 싸인 채 창밖을 내다보고 있자니 세 여자가 창쪽으로 다가오고 있는 광경이 보였습니다. 첫 번째 여자는 아주 넓적한 발을 가지고 있었고, 두 번째 여자는 넓은 아랫입술이 턱을 다 덮을 정도였습니다. 그리고 세 번째 여자는 엄청나게 큰 엄지손가락을 가지고 있었습니다. 그 여자들은 창문 밑에 서서 그녀를 올려다보며 무슨 일 때문에 상심해 있느냐고 물었습니다. 처녀가 자신이 처해 있는 어려운 사정을 이야기하자 그 여자들은 처녀를 도와주겠다고 했습니다.

"우리가 단번에 그 아마들을 실로 만들어 주지. 그 대신 아가씨는 우리를 부끄럽게 생각하지 말고 아가씨의 결혼식에 초대해 주어야 해요. 아가씨는 우리를 사촌이라 부르고 음식 먹을 때도 우리를 끼워주어야 해요."

"기꺼이 그렇게 하죠. 그러니 어서 들어오셔서 곧바로 일을 시작하도록 하세요."

처녀는 괴상하게 생긴 그 세 여자들을 첫 번째 방으로 들어오게 한 뒤 그 여자들이 일할 수 있게 자리를 마련해 주었습니다. 그 여자들은 자리에 앉자마자 실을 잣기 시작했습니다. 첫 번째 여자가 실을 뽑아내면서 물레의 발판을 밟기 시작하자 두 번째 여자는 입술로 그 실을 축축하게 했으며, 세 번째 여자는 그 실을 꼬고 손가락으로 판을 두드리곤 했습니다. 세 번째 여자가 판을 두드릴 때마다 섬세한 솜씨로 잘 꼬아진 실이 감긴 얼레가 하나씩 바닥에 떨어지는 것이었습니다. 처녀는 그 세 여자들이 왕비의 눈에 띄지 않도록 조심했습니다. 그리고 왕비가 들를 때면 처녀는 그때까지 자아낸 엄청난 양의 실들을 보여주었고 그때마다 왕비는 입에 침이 마르도록 처녀를 칭찬했습니다. 첫 번째 방에 가득 찼던 아마가 다 떨어지자 그들은 두 번째 방으로, 그리고 거기서 다시 세 번째 방으로 옮겨갔으며 결국은 세 번째 방의 아마도 동이 났습니다. 일을 다 끝마친 세 여자는 그곳을 떠나면서 처녀에게 말했습니다.
"우리하고 약속한 것 잊지 말우. 아가씨한테 좋은 결과를 가져올테니."
처녀가 왕비에게 텅 빈 방들과 산같이 쌓인 실들을 보여주자 왕비는 결혼식 치를 준비를 했습니다. 신랑이 될 왕자는 그렇게 솜씨 좋고 바지런한 아내를 맞아들이게 된 것을 크게 기뻐하면서 거듭 처녀를 칭찬했습니다. 그러자 처녀가 말했습니다.
"제게는 사촌언니가 셋 있는데 그동안 저한테 너무나 고맙게 해 준 언니들이라 제 행복을 함께 나누고 싶어요. 그러니 그 언니들을 우리 결혼식에 초대해 우리와 음식을 같이 먹게 허락해 주셨으면 좋겠어요."
"물론이지. 허락하고 말고."
왕비와 왕자가 허락을 해주어 혼인 잔치가 시작되었을 때 그 세 여자들은 괴상한 옷차림을 하고 연회장에 들어왔습니다.
"사촌언니들이 오셨군요. 어서 이리 오세요."
그때 세 여자들을 본 신랑이 놀라서 소리쳤습니다.
"아니, 당신은 어떻게 이렇게 끔찍하게 생긴 사람들과 함께 어울리는 거요?"
그러고 나서 신랑은 넓적한 발을 가진 여자에게 다가가 물었습니다.
"당신의 발은 어떻게 해서 그렇게 넓적하게 되었나요?"

첫 번째 여자가 대답했습니다.

"물레의 발판을 하도 밟다보니 이렇게 됐습니다."

신랑은 두 번째 여자에게 가서 물었습니다.

"당신의 입술은 왜 그렇게 늘어졌습니까?"

두 번째 여자가 대답했습니다.

"실을 하도 핥다보니 이렇게 됐습니다."

그는 세 번째 여자에게 물었습니다.

"당신의 엄지손가락은 어떻게 해서 그렇게 커다랗게 되었습니까?"

세 번째 여자가 대답했습니다.

"하도 실을 꼬다보니 이렇게 됐습니다."

세 여자의 말을 들은 왕자는 놀라서 말했습니다.

"내 아름다운 아내가 다시는 물레를 건드리지도 못하게 하겠어."

그리하여 그녀는 실을 잣는 그 끔찍한 일에서 벗어날 수 있었습니다. (『어른을 위한 그림 형제 동화 전집』, 101~105쪽)

『옛이야기 심층』에서 심리 치료를 하는 정신과 의사인 가와이 하야오가 옛날 사람들이 왜 게으름이 이야기를 즐겼는지에 대해 한 말이 있는데요. 이 이야기를 좀 소개해 보겠습니다.

옛날 일반 백성들은 오로지 근면을 덕으로 삼고 살아야 했다는 겁니다. 이런 근면의 삶을 강요받던 시대에 사람들의 무의식에 자연스럽게 이제는 좀 쉬고 싶다는 간절한 바람이 생겨났겠지요. 그

런 간절한 바람이 이런 게으름이 이야기를 즐기게 하였다는 겁니다. (94~114쪽 참고)

이렇게 생각하면 이 게으름이 이야기는 자본의 이윤 창출을 위해서 과도한 경쟁 사회로 몰아가는 지금의 신자유주의 사회에서 생산을 담당하며 살아가야 하는 노동자들의 내면에도 저러한 게으름이 영웅에 대한 간절한 바람이 생겨나겠지요. 옛날 사람만이 아니라 첨단의 자본주의 시대를 살아가는 오늘 우리들의 무의식을 저 게으름이 이야기가 건드리는 점이 분명 있는 거지요.

「실 잣는 여인들」은 게으름이 여성에 관한 이야기였는데요. 이번에는 게으름이 남성에 대한 이야기를 한번 더 읽어보지요. 역시 그림 동화집에서 옮겨보겠습니다. 「게으른 세 아들」이란 이야기인데요. 아주 짧은 이야기입니다.

옛날에 어떤 왕에게 세 아들이 있었는데 왕은 세 아들을 똑같이 사랑해서 자기가 죽은 뒤 어느 아들에게 왕위를 물려주어야 할지 고민이었습니다. 왕은 죽을 때가 가까워지자 세 아들을 침대 곁으로 불러 말했습니다.
"사랑하는 아들들아, 내가 요즘 깊이 생각한 게 있는데, 지금 너희들한테 그걸 말해 주고 싶다. 나는 너희들 중에서 제일 게으른 사람에게 왕위를 물려주기로 결심했다."

"그렇다면 왕국은 제 것입니다. 왜냐하면 저는 자려고 누워 있을 때 비가 와서 제 눈으로 빗방울이 들어가더라도 이미 눈 감은 것 때문에 그냥 잠이 들 정도로 게으르거든요."

가장 나이 많은 아들이 먼저 말하자 둘째 아들이 나섰습니다.

"그렇다면 왕국은 제 것입니다. 저는 난롯가에서 불을 쬐고 있을 때 발을 끌어당기는 것이 귀찮아서 차라리 발꿈치를 불에 데는 편이 낫다고 생각할 만큼 게으르거든요."

셋째 아들이 자신있게 말했습니다.

"왕국은 제 것입니다. 제가 얼마나 게으르냐 하면 제가 교수형을 당하게 돼서 제 목에 이미 올가미가 씌워져 있는데, 누가 제게 그 밧줄을 자를 수 있는 날카로운 칼을 준다고 해도 차라리 교수형을 당하고 말지 귀찮게 제 손을 움직여서 밧줄을 자르지 않을 정도거든요."

왕이 이 말을 듣고 말했습니다.

"네가 제일 게으르니 네가 왕이 되거라."(『어른을 위한 그림 형제 동화 전집』, 231~232쪽)

이런 게으름이 이야기를 읽고 듣다 보면 웃음이 나옵니다. 이러한 웃음이 당연히 지친 몸에 잠깐이라도 피곤함을 잊을 수 있는 기회를 주는 것이지요. 그러나 이러한 웃음은 단순히 그냥 웃고 넘어가는 우스갯소리와는 다른 의미를 내포하고 있습니다. 근면을 미덕으로 삼고 있는 기존의 문화 바탕에서 나오는 고정 관념을 비틀어보고, 뒤집어보려는 무언가 대결 의식의 감정이 숨어 있다는 겁니다. 다시 말해서 기존의 고정 관념을 비틀어보는 과정에서 어떤 마음의 보상 작용 같은 걸 제공해 준다는 것이지요. 이게 바로 유머러스한 웃음이 갖고 있는 전복의 기능 가운데 하나라고 볼 수 있겠지요.

그런데 이 게으름이 이야기에서 우리는 또 다른 중요한 관점인 창조적인 퇴행 현상의 한 단면을 찾아볼 수가 있습니다. 앞에서 우리는 일곱 살 난 여자아이가 꾼 뱀꿈 이야기를 하였습니다. 하늘에서 뱀이 내려와 엄마하고 딸이 맞서 싸움을 하는데 그 자리에 아버지가 없었습니다. 일곱 살 난 여자아이 뱀꿈에는 아버지가 부재하였습니다. 달리 말하면 남성의 원리, 남성성이 아이의 마음속 우주에는 지금 부재한 것이지요. 이런 남성의 부재는 바로 아이가 자신이 속해 있는 가족에게 느끼는 감정이 반영된 결과라 할 수 있을 겁니다. 그래서 아버지는 딸이 그러한 꿈을 꾸었다고 했을 때 긴장을 하고 심각한 반응을 보인 것입니다.

그러면 저 위 「게으른 세 아들」 이야기를 한번 잘 보시기 바랍니다. 이 이야기에는 왕비가 빠졌습니다. 여성의 원리, 여성성이 부재한 가족 구조를 이루고 있습니다. 이런 옛이야기 구조에 대해 심리학을 연구하는 사람들은 이런 아주 날카로운 지적을 하고 있습니다.

왕과 세 아들로 상황이 시작되는 동화는 대단히 많습니다. 그림 동화집만 해도 왕과 세 아들로 시작되는 동화가 50개 내지 60개는 됩니다. 이런 가정은 정상 가정이 아닙니다. 왜냐하면 엄마와 딸이 없고 처음부터 순전히 남성으로만 구성되어 있기 때문입니다. 여성은 완전한 가정에는 있는 법인데 보이지 않습니다. (…) 여러분은 왕과 왕비 사이의 관계 그리고 이성본질(logos-principle)과 사랑 방식(Eros-style) 사이의 관계를 볼 수 있습니다. 왕후가 빠졌다는 것은 애정 방식이 없고, 그래서 왕은 불임이라는 것을 의미합니다. 왕후가 없으면 왕은 아이를 낳을 수 없습니다. 그래서 우리는, 동화는 무의식과 관계 있고 비합리적 여성적 사랑 본질(Eros-principle)이 빠진 지배적 집단 태도의 문제와 관련이 있다고 가정해야 합니다. 이것은 집단 의식이 굳어 주의, 제도가 된 상태를 말하는 것입니다. (『동화 심리학』, 53~57쪽)

위에서 하는 말은 꼭 옛이야기에 나오는 왕과 아들이 지배하는 상황만을 말하는 게 아닙니다. 요즘 집안의 보편적인 모습을 의미한다고도 볼 수 있습니다. 아이들에게 아버지의 모습을 그려보라 하면 대개는 누워 잠자는 모습을 그린다고 합니다. 이런 아버지의 모습은 어제, 오늘의 문제만은 아닌 것이지요. 아버지들은 심한 노동과 긴장에 시달리다가 집에 들어오면 지쳐 잠을 자기에 바쁩니다. 이 아버지들의 모습은 이미 늙어 왕위를 물려주어야만 하는 그러한 병든 왕의 모습과 크게 다르지 않은 거지요. 이 아버지 왕은 이성 본질에만 사로잡혀 달리 말하면 회사 일에만 빠져 여성의 원리인 애정 방식과 관계 맺는 힘을 잃어버린 것입니다. 일중독에 걸렸다는 말을 흔히 합니다. 이 일중독에 빠진 사람들이 바로 저 옛이야기에서 말하는 애정 방식을 잃어버린 사람들의 전형이라 할 수 있을 겁니다.

그런데 게으름이 이야기에서는 왕이 가장 게으른 아들에게 왕위를 물려준다고 하였습니다. 여기에서 게으름은 무얼 상징하는 걸까요? 일의 논리, 이성의 본질, 일중독에만 빠진 사람에게 게으름은 밖을 지향하는 일의 논리보다는 내면을 지향하는 감성적인 직감, 사랑의 본질, 애정 방식에서 여성의 원리를 상징한다고도 볼 수 있겠지요. 일중독에 빠진 사람에게는 잠시 일을 멈추고 자신의 내면의 소리를 듣는 시간이 필요한 것이지요.

아버지가 부재한 꿈 이야기를 들었을 때 건강한 아버지라면 그 자리에서 자신의 내면을 한번 돌아볼 것입니다. '아, 내가 너무 밖으로만 돌았구나. 일의 논리에만 갇혀 살았구나. 이제는 사랑의 방식, 여성의 원리에 귀 기울 때가 되었구나' 하는 사유를 하게 될 것입니다.

이때 잠시 일을 멈추고 자신의 내면을 돌아보는 여유를 상징하는 게으름은 병적인 퇴행이 아닌 창조로 가는 전환점이 되는 것이지요. 이래서 게으름이 이야기는 무언가 그 내면에 창조적인 퇴행의 한 정신 요소를 담고 있습니다.

얼마 전 『옛이야기가 들려주는 어린이의 본질』이란 일본 옛이야기 안내서를 구했는데, 이 책에서 내가 늘 생각해 오던 게으름이 이야기를 글쓴이가 하고 있어 매우 흥미롭게 읽었습니다.

내용을 요약해 보겠습니다.

어느 마을에 농사를 많이 짓는 농사꾼이 있었다. 나이가 들어 이제 죽게 될 날이 가까워온다고 생각한 농사꾼은 자식들에게 재산을 나누어주었다. 큰놈은 머리가 좋다고 생각하여 가지고 있는 돈을 모두 주었다. 둘째 놈은 부지런하다고 생각하여 논과 밭을 다 내주었다. 그런데 셋째는 도무지 아무짝에도 쓸모가 없다는 생각이 들어, 고작 새끼 한 다발을 내주고 말았다. 셋째는 집에 있어도 할 일이 없어 새끼 한 다발을 들고 집을 나섰다.

여기까지만 볼 때 권정생 선생님이 들려준 이야기와는 시작 부분이 조금은 다르지요. 양쪽 다 새끼 한 다발을 들고 집을 나서는데, 한쪽은 밤새 새끼를 서발밖에는 꼬지 못해 게으르다는 이유로 아버지에게 쫓겨나고, 한쪽은 두 형에 비해 게으르고 무능력하다는 이유로 새끼 한 다발밖에는 유산으로 물려받지 못한 채 스스로 집을 떠납니다. 비슷한 이야기라 하더라도 그 이야기를 전해 온 이야기꾼이 처한 마음이 반영되어 있기 때문에 옛이야기를 감상할 때에도 많은 요소를 고려해 봐야 하지요. 이야기를 좀더 살펴보겠습니다.

> 길을 가다가 셋째는 연잎 따는 아저씨를 만났다. 아저씨는 마침 연잎을 묶을 새끼가 있으면 참 좋겠구나 하였다. 이 말을 듣고 셋째는 이걸 가지라고 얼른 새끼를 내주었다. 아저씨는 기뻐서 새끼로 연잎을 묶고는 답례로 연잎을 한 장 주었다.
> 연잎을 받아들고 또 터벅터벅 길을 가는데 된장을 담그는 아저씨를 만났다. 아저씨는 "된장이 참 잘 됐는데, 이놈을 쌀 연잎이라도 있으면 좋겠구나" 하였다. 셋째는 또 얼른 이걸 가지라고 연잎을 내주었다. 그러자 아저씨는 답례로 된장을 나눠주었다. 셋째는 또 터벅터벅 길을 걷다 보니 칼을 만드는 대장장이가 있었다. 대장장이는 "칼을 잘 벼려낸 다음에 이제 마지막으로 된장에 식히면 좋겠구나" 하였다. 셋째는 얼른 된장을 내주었다. 그러자 대장장이는 칼을 내주었다.

여기서 우리는 한 가지 재미있는 의문을 제기할 수 있습니다. 된장을 주니까 만들던 칼을 대신 주었는데, 그러면 대장장이는 무엇하러 칼을 만들었는가 하는 의문입니다. 옛이야기에서는 이런 인과관계의 비약이 심하고, 또한 합리적으로 생각할 때 이해하기 힘든 부분들이 있습니다. 그러나 이러한 문제들이 옛이야기를 즐기는 데 그렇게 문제가 될 것은 없지요.

옛이야기도 마찬가지이고, 문학 작품을 감상할 때는 주인공이나 등장인물들이 살아가는 시공간의 내적 진실을 중요하게 여깁니다. 그렇다면 위에 말한 이야기처럼 된장을 주니까 칼을 내주는 이야기를 놓고 우리는 이 이야기가 시공간의 내적 진실이 허약하여 감동을 주지 못한다고 말할 수 있을까요? 그렇지는 않을 겁니다. 왜냐하면 우리가 작품을 감상할 때 하나의 잣대로 삼는 시공간의 내적 진실은 어디까지나 그 시공간에서 살아가는 인물들이 드러내는 세계관의 진실을 주로 따지는 것입니다. 인과관계의 진실은 세계관의 진실을 따지고 난 뒤의 부차적인 문제이지요.

특히 동화나 옛이야기처럼 비약적인 상상력을 바탕으로 하는 이야기에서는 더욱 그렇습니다. 옛이야기와 같은 내면 무의식의 세계를 드러내는 환상적인 이야기는 사실의 세계가 아니라, 간절한 마음이 만들어내는 진실의 세계를 드러내기 때문에, 어디까지나 인과관계의 합리적인 사실성보다는 인물들이 드러내는 욕망(행동, 세계관)의 진실성에 더 무게 중심이 두어질 수밖에 없는 거지요.

권정생 선생님이 옮긴 게으름이 이야기에서도 비약적인 인과관계가 문제될 리는 없을 겁니다. 그런데 산 목숨을 주고 죽은 목숨과 바꾼 다음에 그 죽은 목숨을 가지고 남을 속여서 더 큰 목숨을 손에 쥐는 이야기는 어떻게 해석해야 할까요. 나중에는 죽은 사람을 이용해서 아가씨까지 얻고, 수수께끼 내기에 이겨 돈까지 크게 벌어 집으로 돌아갑니다. 뭔가 이 이야기가 담고 있는 세계관의 내적 진실에 의문을 제기하게 되는데, 이 문제는 나중에 좀더 이야기해 보지요.

그럼 일본의 게으름이 이야기는 어떻게 끝나는지 마저 살펴보지요.

> 셋째는 둑에 올라 칼을 옆에 두고 낮잠을 잔다. 이때 승냥이가 나타나 셋째를 잡아먹으려 하는데, 그 모습을 강 건너 마을의 부자가 보고 있다. "아, 저런" 하고 있는데, 옆에 두었던 칼집에서 칼이 스스로 빠져나와 승냥이에게 덤벼들어 쫓아냈다. 이걸 보고 있던 마을 부자는 저런 칼을 갖고 다니는 사람은 보통 사람은 아니라고 생각하였다. 그래서 부자는 셋째를 깨우고는 "너는 보통 사람은 가질 수 없는 복을 갖고 있는 사람이 틀림없다. 그러니 우리 집 딸과 결혼하여 달라"고 하였다.

이래서 셋째는 마을 부잣집의 사위가 되었다는 이야기입니다.

권정생 선생님이 글로 옮긴 꾀쟁이 게으름이 이야기와 일본의 게으름이 이야기를 한 자리에 놓고 볼 때 몇 가지 흥미로운 생각을 하게 됩니다.

우선 갓 태어난 아이를 한번 생각해 보지요. 이 아이는 당장은 아무런 능력도 보여줄 수 없는 존재입니다. 그러나 이 아이는 앞으로 크면서 무한한 능력을 보여줄, 아직 쪼개지지 않은 통나무와 같은 존재이기도 하지요.

옛이야기에 나오는 게으름이들은 어찌 보면 어린이를 상징하는 목숨들이라 할 수 있습니다. 어른의 시각으로 볼 때 그저 빈둥빈둥 놀기만 하는 어린 아이들은 철부지 게으름이로 보일 때가 많을 것입니다. 그래서 어른들은 끊임없이 아이들의 게으른 행동을 참지 못하고 잔소리를 합니다. 위 옛이야기에 나오는 아버지는 바로 이런 일반적인 어른을 상징하는 목숨이라 할 수 있겠지요. 새끼 서발을 꼬고 쫓겨나는 아들이나, 무능력하다고 새끼 한 다발을 유산으로 물려받고 할 일이 없어 집을 나서는 셋째는 모두 게으르다고 날마다 꾸중을 듣는 요즘의 어린 아이들을 상징하는 목숨이라 해도 좋을 것입니다.

이렇게 개념화시켜 놓고 보면 위 옛이야기가 어느 정도 명확하게 보이는 지점이 있습니다. 게으름이 아이가 어른의 시각으로 볼 때는 당장은 아무 쓸모도 없는 무능력한 아이로 보일지도 모릅니다. 그러나 위 두 게으름이 이야기는 이 아이가 얼마나 무한한 가능성을 가진 존재인지를 이야기를 통해 보여주고 있는 것이지요. 그런데 이 게으름이 아이가 자신의 능력을 보여주는 과정이 두 이야기는 아주 다릅니다. 게으름이가 내면에 담고 있는 가능성의 씨앗을 보여주는 관점에서 미묘한 차이가 있습니다. 이 점이 참 어렵습니다.

먼저 두 이야기에 존재하는 게으름이 주인공은 성격이 아주 다릅니다. 세끼 서발을 갖고 쫓겨난 주인공은 자기 삶을 개척해 가는 '능동'의 자리에 있습니다. 새끼 서발을 깨진 물동이와 자기 의지로 바꾸고 그 깨진 물동이를 붙여서 우물가에 세워 놓고는 물 길러 온 아가씨에게 뒤집어씌워 새 물동이를 얻습니다. 분명히 이런 한 가지 행동만을 보더라도 이 게으름이 아들은 빛이 되는 속사람의 행동을 보여주지 않고 남에게 고통을 주면서 자기의 이익을 챙기는 그림자 행동을 하는 듯 보입니다. 옛이야기의 주인공은 보통 빛이 되는 인물이 중심에 서 있는데, 이 게으름이 이야기는 그림자의 삶을 살아가는 꾀쟁이 주인공이 중심에 서 있어서 특별한 맛을 주는 것이지요.

그런데 새끼 한 다발밖에 유산으로 물려받지 못한 아이는 집을 나와 길을 걷다가 연잎 따는 아저씨를 만났습니다. 그리고 그 아저씨가 새끼를 필요로 하니까 얼른 자기가 갖고 있던 새끼를 내주었습니다. 앞서 얘기한 쫓겨난 게으름이는 어떤 교환의 목적 의지를 갖고 깨진 물동이를 새끼 서발과 바꾸었는데, 집을 나온 게으름이는 교환의 목적보다는 새끼를 필요로 하는 사람이 있으니까 그걸 내주었습니다. 어찌 보면 이 게으름이의 행동에는 자기 것을 그냥 내어주는 선물의 언어가 들어 있습니다.

쫓겨난 게으름이나 집을 나온 게으름이나 모두 어른을 상징하는 아버지에게는 능력을 인정받지 못한 목숨들입니다. 그러니까 아버지 세대에 의해서는 가능성을 인정받지 못한 이 불운한 존재들은 쫓겨났든 집을 나왔든 세상에 던져져 자기 삶을 새롭게 살아갑니다. 아버지의 눈에는 보이지 않던 가능성을 이들은 새로운 삶의 과정에서 드러냅니다. 그 드러내는 삶의 과정이 한쪽은 훨씬 인간의 욕망이 부딪히고 갈등하며 살아가는 회색의 세상을 통해 풀려나가고, 또 한쪽은 자신의 전 존재를 주고 돌려받고 하는 희생과 증여의 원리가 존재하는 단색의 세상을 통해 풀려나가고 있습니다.

옛이야기에는 보통 빛이 되는 인물과 그림자가 되는 인물이 존재합니다. 아버지에게 쫓겨난 게으름이 이야기와 새끼 한 다발을 유산으로 물려받아 집을 나온 게으름이 이야기를 한데 놓고 감상해 보니 이 두 이야기는 마치 게으름이 이야기의 두 짝인 것만 같습니다.

게으름이의 내면에는 교환의 언어를 사용하며 험난한 세상을 헤쳐나가는 영악한 인간성의 씨앗과 자기 것을 다 내주는 선물의 언어를 사용하며 험난한 세상 속을 역시 나름의 방식으로 살아가는 희생적인 인간성의 씨앗을 다 엿볼 수 있는 거지요.

권정생 선생님이 재화한 한 작품만을 놓고 볼 때는 막히는 점이 있는 듯 보였습니다. 그러나 쫓겨난 게으름이 이야기에 집을 나온 게으름이 이야기가 짝을 이루어 같이 서 있으니, 그림자 인간과 빛이 되는 인간이 한데 어우러져 인간의 내면에 들어 있는 다양한 게으름이의 본질을 보여주는 것 같아 두 이야기가 모두 흥미롭게 읽혔습니다.

새끼 한 다발을 유산으로 물려받은 무능력한 게으름이가 연잎을 얻고, 된장을 얻고, 칼을 얻고, 나중에 부잣집 사위가 되는 이야기에 대해 일본의 옛이야기 연구자인 오자와 토시오는 이런 해석을 하고 있습니다.

게으름이 이야기를 개념화시켜 말하면 어린이는 자기가 갖고 있는 것과 딱 맞아떨어지는 어떤 목숨을 만나면 거기서 한 단계 발전해 나간다는 것입니다. 그래서 새끼 한 다발을 물려받고 집을 나온 무능력한 게으름이 이야기는 어린이의 성장을 이야기하고 있다는 거지요(『옛이야기가 들려주는 어린이의 본질』, 20~21쪽 참고). 아이들은 어른의 눈으로 볼 때는 빈둥빈둥 노는 게으른 존재로 보일 때가 있습니다. 그래서 어른들은 아이들이 성장해 가는 시간을 느긋하게 기다리며 보아줄 줄 모르고 어떻게든 이웃집 아이와 비교하면서 늘 상대적인 존재로 보기 때문에 아이를 다그치게 되고 또한 쉽게 일등주의 신화에 갇혀버리게 되는 거지요.

아이들을 재능이나 성격이 다 다른 독특한 개성을 가진 존재로 보고, 아이가 갖고 있는 내면의 가능성이 외부 세계의 어떤 지점을 통과할 때 자기에게 딱 맞아떨어지는 목숨을 만나면 꽃피우는 과정을 이 게으름이 이야기가 전해 주고 있다고 본다면 이런 해석도 그럴 듯합니다. 이렇게 본다면 게으름이는 바로 우리 인간이 성장해 가는 발달 단계의 순간 순간을 이야기하고 있는 것이지요. 재능을 가진 첫째나 부지런한 둘째는 어른의 눈으로 규정한 아이의 모습입니다. 그러면 셋째는 아직도 자기 내면에 들어 있는 가능성이 세상에 나와 발현되기 이전의 아직 가공되지 않은 통나무와 같은 목숨인 것이지요.

겉으로 보면 통나무는 그저 거칠게만 보입니다. 이 통나무가 갖고 있는 내면의 가능성을 보기란 쉽지가 않습니다. 아이의 내면에 들어 있는 가능성의 씨앗을 보고 거기에 자꾸 물을 주는 어른들의 밝은 지혜가 필요한데, 그런 어른들이 과연 얼마나 있을까 싶습니다. 그런 아버지와 엄마와 선생님을 만날 때 아이들은 신바람 나고 행복해하며 생각하지 못한 초능력의 힘을 발휘하기 시작하는 거지요.

좀더 비약적인 상상력을 발휘해서 이 게으름이 이야기를 본다면 셋째는 새끼 한 다발을 갖고 집을 나섰습니다. 이 아버지에게 물려받은 새끼 한 다발은 어찌 보면 대단한 상징의 의미가 있다 할 수 있지요. 아버지에게 태어난 자식은 누구든지 그 내면에 최소한의 가능성을 갖고 있는 것이 아닐까? 새끼 한 다발은 바로 아이의 내면이 갖고 있는 성장의 가능성을 드러내 주는 상징적인 물건이 아닐까? 그래서 아이는 새끼 한 다발을 갖고 집을 떠나 세상 속으로 들어갔습니다. 세상을 나선 아이는 새끼 한 다발을 꼭 필요로 하는 연잎 따는 아저씨를 만납니다. 어떤 사람이든지 세상에는 자기를 필요로 하는 존재가 있는 법입니다. 새끼 한 다발의 능력을 필요로 하는 목숨은 분명 세상에 존재하고 그 존재를 만나는 과정이 바로 인생이 아닐까? 공부가 아닐까? 이렇게 본다면 삶이란, 인생이란 바로 자기 내면에 갖고 있는 가능성의 씨앗에 불을 붙여줄 목숨을 찾아가는 긴 여행의 과정이라고도 할 수 있겠습니다.

게으름이가 꾀를 내서 죽은 걸 주고 산 걸 바꿔오는 대상은 가만히 보면 가진 자들입니다. 이런 점에서 보면 게으름이는 가진 자의 것을 힘든 자에게 나눠주는 중개자의 자리에 서 있습니다. 이렇게도 볼 수는 있겠는데, 권정생 선생님은 왜 이런 게으름이가 꾀를 내어 행운을 잡는 이야기를 글로 옮긴 것인지 의중을 이해하기가 어렵습니다.

남쪽과 북쪽의 아이들이 함께 읽는 옛이야기를 들려준다고 했을 때 권정생 선생님은 나름대로 어떤 이야기를 고를까 고민하였을 것입니다. 그 많은 이야기 가운데서 그럼 이 게으름이 이야기를 고른 무슨 특별한 이유가 있는 것일까요?

혹시 이런 이유 때문이 아니었을까요? 게으름이 이야기가 북쪽의 어른들이 읽었을 때는 아마도 상당히 문제가 있다고 느낄 것입니다. 권정생 선생님도 이걸 모르지는 않았을 것입니다. 실제로 이 이야기를 북쪽으로 보내고 나중에 북쪽의 관계자들과 회의를 할 때, 권정생 선생님이 보낸 옛이야기는 인식 교양에 좀 문제가 있다는 지적을 제기해 왔습니다. 어떤 문제가 있는지에 대해서는 그때 세부 토론은 하지 못하였습니다.

가만히 생각해 보면 이 꾀쟁이 게으름이 이야기는 철저하게 교환의 언어를 사용하며 살아가는, 먹고 먹히는 세상의 한 단면을 드러내고 있습니다. 북쪽의 어린이들에게는 이렇게 꾀를 내서 자기의 이익을 챙기는 인간의 모습이 영 낯설 것입니다.

사회주의 체제에서 살아가는 북쪽의 어린이들에게는 자기 이익을 챙기는 교환의 언어에 대한 상상력이 결핍되어 있지 않을까도 싶습니다. 이런 점에서는 꾀쟁이 게으름이 이야기가 어느 정도는 북쪽의 어린이들에게 새로운 상상력을 불러일으키는 하나의 씨앗이 될 수도 있을 것입니다. 개인도 살아야 합니다. 그러면서도 영악한 꾀로 자기 이익을 챙기는 쫓겨난 게으름이는 어두운 인간성의 한 단면을 드러내는 우리의 분신일 수도 있습니다. 그러면서 또 저렇게 내면에 가능성을 가진 아이를 알아보지 못하고 게으르다고 쫓아낸 아버지 세대에 대한 통렬한 비판일 수도 있습니다. 옛이야기는 이렇게 다층의 의미로 읽힙니다.

게으름이들도 긴 시간의 흐름을 놓고 볼 때는 훌륭한 미래의 영웅이 되는 것이지요.

앞에서 우리는 아주 많은 이야기를 하였습니다. 옛이야기나 동화에 관한 이야기는 끝이 없습니다. 아직도 할 이야기는 많지만 이 정도만 하고 일단 끝을 맺겠습니다. 어린이는 미래의 영웅들입니다. 몸에 영양을 주는 밥도 중요합니다. 그러나 무엇보다 정신에 영양을 주는 문학 예술이 어느 때보다 중요한 시기가 되었습니다. 옛이야기는 아이들 정신에 주는 밥입니다. 옛이야기밥을 맛있게 먹고 자란 아이들이 미래를 가꿔가는 훌륭한 영웅이 되겠지요.

닫는 글

아주 많은 이야기를 하였습니다. 끝까지 읽어주신 여러분께 감사드립니다. 짧게라도 끝 인사를 드려야겠습니다.

내가 옛이야기에 관심을 갖게 된 계기가 있습니다. 꽤 오래전에 『판타지 동화 세계』란 책을 낸 적이 있어요. 그 책을 쓰면서 한 가지 깨달음을 얻었습니다. 판타지 동화의 뿌리는 옛이야기라는 거였지요.

『판타지 동화 세계』를 쓰고 나서 옛날 말로 전해 오던 문학 공부를 하게 되었습니다. 그러다 또 한 가지 아주 큰 깨달음을 얻었습니다. 옛날 이야기를 즐기던 오래 전 사람들은 자연에 존재하는 모든 목숨들(생물이든 무생물이든)을 영혼의 형제로 여긴 거였습니다.

옛이야기 공부를 하면서 내가 어떤 마음으로 아동문학 공부를 해나가야 하는지, 아이들을 어떻게 키워야 하는지, 하나의 길을 찾은 느낌이 들었습니다. 어른들은 아이들보다 높은 자리에 서서 자꾸만 무얼 가르치려 합니다. 자꾸만 선생님의 자리에 서려 하지요.

그런데 옛이야기를 보면 세상에 존재하는 모든 만물이 다 결국은 영혼의 형제로 태어났다는 범신론적인 사랑의 가치관을 드러내고 있습니다. 그렇다면 어른들도 아이를 볼 때 선생님의 자리에 서기보다 같이 고민을 나누는 영혼의 친구가 되는 자리로 내려가야겠구나 하는 생각을 하게 되는 거지요.

그렇습니다. 우리 아동문학도 어른이 아이들을 앞에 놓고 훈화하고 교육하는 언어로 씌어진 작품은 이제는 읽히지 않는 시대가 되었습니다. 그만큼 아이들을 보는 눈이 달라진 것입니다.

옛이야기는 아이들이 즐기는 모든 글의 어머니이고 아버지입니다. 어떤 이야기든지 옛이야기 안에는 우리가 살아가면서 겪는 삶의 문제를 투사하여 나의 내면을 들여다볼 수 있는 씨앗이 들어 있습니다. 그렇기 때문에 옛이야기 관련 이야기는 끝이 없고 아무리 써도 마를 리가 없습니다. 이 책에서 많은 이야기를 하였지만 사실은 내가 하고 싶은 이야기의 아주 작은 부분만을 했을 뿐입니다. 내 가슴에는 아주 많은 이야기가 들어 있지만 한 번에 다 할 수는 없으니 앞으로 공부를 하면서 이야기가 되어 나오면 또 써보도록 하겠습니다.

이 책이 아이들을 기르는 부모님들이나 선생님, 그리고 글을 쓰는 작가분들이나 이야기꾼들에게 조금이라도 아이들과 옛이야기를 즐기는 데 도움이 된다면 더 바랄 것이 없겠습니다.

참고문헌

『국어 읽기 1-2』(7차교육과정), 교육인적자원부, 2001
『꿈 대화법』 팸 스퍼 저, 엄혜숙 옮김, 예문, 2001
『너하고 안 놀아』 현덕 저, 원종찬 엮음, 창비, 2001
『동화 심리학』 마리 루이제 폰 프란츠 저, 홍성화 옮김, 교육과학사, 1986
『똑똑한 양반』 권정생 저, 한겨레아이들, 2009
『신의 가면 I 원시신화』 조셉 캠벨 저, 이진구 옮김, 까치글방, 2003
『신화의 힘』 조셉 캠벨 저, 이윤기 옮김, 이끌리오, 2003
『신화 해석학』 이경재 저, 다산글방, 2002
『융학파의 꿈 해석』 프레이저 보아 저, 박현순·이창인 옮김, 학지사, 2007
『인간과 상징』 칼 G 융 외 저, 열린책들, 1997
『어른을 위한 그림형제 동화전집』(합본), 김열규 옮김, 현대지성사, 2001
『임석재전집 1 - 한국구전설화: 평안북도편 1』 임석재 엮음, 평민사, 1991
『임석재전집 2 - 한국구전설화: 평안북도편 2』, 임석재 엮음, 평민사, 1994
『임석재전집 3 - 한국구전설화: 평안북도편 3·평안남도편·황해도편)』, 임석재 엮음, 평민사, 1995
『조선동화집』, 권혁래 엮음, 집문당, 2003
『천의 얼굴을 가진 영웅』 조셉 캠벨 저, 이윤기 옮김, 민음사, 2003
『풍경소리』 하늘북, 2009년 4월호
『하느님의 눈물』 권정생 저, 산하, 1998
『학교에 간 사자』 필리파 피어스 저, 햇살과 나무꾼 옮김, 논장, 2010
『경향신문』 2009년 3월 12일자, 10면
『한겨레』 2009년 3월 12일자, 6면
『**昔話が語るこどもの姿** 옛이야기가 들려주는 어린이의 본질』 小澤俊夫, 古今社, 1998
『**昔話の深層—ユング心理学とグリム童話** 옛이야기의 심층_ 융 심리학과 그림 동화』 河合隼雄, 講談社, 1994
『Tree and Leaf』 J.R.R. Tolkien, Grafton, 1992

내면의 힘을 키워주는 이재복의 옛이야기 교육서

아이들은 이야기밥을 먹는다

1판 1쇄 발행 2010년 6월 14일 | 1판 8쇄 2021년 3월 15일

지은이 이재복 | 책임편집 최윤미 | 편집 이효숙 이복희 | 디자인 이은혜
마케팅 정민호 박보람 김수현 | 홍보 김희숙 김상만 함유지 김현지 이소정 이미희 박지원
제작 강신은 김동욱 임현식 | 제작처 영신사
펴낸곳 (주)문학동네 | 펴낸이 염현숙 | 출판등록 1993년 10월 22일 제406-2003-000045호
주소 10881 경기도 파주시 회동길 210
전자우편 kids@munhak.com | 홈페이지 www.munhak.com | 카페 cafe.naver.com/mhdn
북클럽 bookclubmunhak.com | 인스타그램 @kidsmunhak | 트위터 @kidsmunhak
대표전화 (031)955-8888 | 팩스 (031)955-8855
문의전화 (031)955-8895(마케팅) (02)3144-3238(편집)

ISBN 978-89-546-1133-6 03800

잘못된 책은 구입하신 서점에서 교환해 드립니다. 기타 교환 문의: (031)955-2661, 3580

문학동네 어린이문학 이론서

동화의 윤리

유영진 지음

아동청소년문학에 대한 총론과 개별 작품을 다양한 시각으로 들여다본 서평을 담았다. 저자는 여러 작품들을 깊이 있게 다루며 우리 아동청소년문학이 그동안 어떤 질문을 던져왔는지 파헤친다. 또한 '성공 신화'에 파묻혀 병들어가는 아이들의 현실에 주목해 우리 아동청소년문학의 역할과 과제를 짚어낸다.

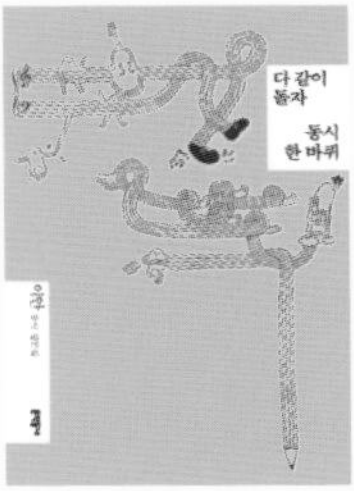

다같이 돌자 동시 한 바퀴

이안 지음

평론가 이안의 첫번째 평론집. 주목할 만한 동시를 엄선하여 작품의 개성과 시적 실험, 다양한 해석의 층위와 지점을 낱낱이 들여다본다. 2000년대 이후 새로운 중흥의 토대를 다져가고 있는 우리 동시의 자리와 경계, 그 너머 가능성을 짚는다.

거짓말하는 어른

김지은 지음

우리 아동문학 최전선에서 누구보다 활발한 비평 활동을 이어온 아동문학평론가 김지은의 첫 평론집. 뛰어난 감식안으로 작품을 분석하고, 아동문학 읽기를 통해 어린이라는 존재에 관한 성찰을 돕고 더 나은 세상을 위해 우리가 지녀야 할 공동체적 윤리를 짚으며 아동문학의 새로운 지평을 연다.

이야기밥을 먹고 크는 아이들은 건강합니다

아이들에게는 몸에 영양을 주는 밥을 잘 해서 먹여야 합니다.
이 못지않게 정신에 영양을 주는 이야기밥도
잘 해서 먹여야 합니다.
옛이야기 안에는 우리가 살아가면서 겪는 삶의 문제를 투사하여
나의 내면을 들여다볼 수 있는 다양한 씨앗이 들어 있습니다.

이야기를 '듣고 읽는' 본질적인 의미에 대해 탐구하는 문학교육서

아이들 교육은 마음속 우주에 피할 수 없이 출몰하는 그림자와 어떻게든 직면해서 싸우고 화해하는 삶을 살게끔, 심리적인 힘을 길러주는 방향으로 나아가야 합니다. 이 정신 놀이가 되지 않고는 아이들은 그 어떤 일을 하더라도 자기 삶의 주인으로 자라나기 힘든 거지요. 그림자 괴물과 어떻게 건강하게 직면해서 싸워나갈 수 있는 마음의 힘을 기르느냐. 이게 바로 옛이야기를 왜 아이들에게 읽혀야 하는가, 그림책을 왜 읽혀야 하는가에 대한 답이라 할 수 있겠습니다.

_본문에서

값 18,000원
03800
9 788954 611336
ISBN 978-89-546-1133-6